隠蔽

須賀川一中柔道部「少女重体」裁判

テレビ朝日「スーパーモーニング」取材クルー
＋被害者の母親

幻冬舎

隠蔽

須賀川一中柔道部「少女重体」裁判

隠蔽

須賀川一中柔道部「少女重体」裁判

目次

ブックデザイン　守先　正
カバー・扉写真　桜井　修
編集協力　柏木珠希

まえがき（母親手記Ⅰ）

二〇〇三年十二月。私は福島県の郡山駅にいました。

隣の須賀川市にある、自宅へ帰る途中でした。とても寒く、雪が降っていました。

私はほとんど眠ることができず、体調は最悪で、精神的な落ち込みもひどいものがありました。弱りきった身体《からだ》と心に、刺すような冷気が襲いかかります。

街は光に満ちていました。年末、それもクリスマス前だったので、とても活気づいているのです。行きかう人々の表情は、とても明るく見えました。

寂しくて仕方がありませんでした。自分だけが一人、ぽつんと取り残されたような気がして仕方ないのです。

周りの風景も、イルミネーションなどがとても明るいとは理解できるのですが、実感は伴いません。まるでサングラスをかけているようで、白黒の映画やセピア色の写真を眺めているようなのです。

やはり、とても疲れていたのでしょう――暖かい場所に座りたい――心の中で願うことは、それだけでした。

運の悪いことに、駅ビルなどが改装中だったため、暖を取れそうな場所がどこにもないのです。また、改札口の周辺にはベンチもありませんでした。

立って、電車を待っていることが、本当に耐えられません。あと少しで、倒れてしまいそうでした。

ところが、しばらくすると、一軒の立ち食い蕎麦《そば》店があることに気づきました。

見ると「立ち食い」なのに、いすも置いてあります。座ることができそうです。それに、温かい蕎麦やうどんは、その時の私にとっては本当に魅力的でした。ものを食べたいというより、温かいつゆを飲みたかったのです。それにもちろん、店の中では暖房が効いています。

吸い寄せられるように足を踏み入れると、かけうどんを注文しました。

店員さんから容器を受け取り、手に箸を持ちました。立ち上る湯気が最高のごちそうです。

一口、食べました。身体がぽかぽかしてきます。

ところが、私の心は急に、切なさと惨めさでいっぱいになりました。

何故《なぜ》、家族と離れて、一人ぼっちでうどんを食べなければならないのか。

たちまち目に涙があふれてきます。それを周囲の人たちに気づかれるのが嫌だったので、うどんを思い切りすすることでごまかそうとしました。


その日から、およそ二か月前にあたる、十月十八日。

私は生涯、この日を忘れないでしょう。

娘が意識不明の重体となったのです。娘は十三歳。福島県の須賀川市にある、須賀川市立第一中学校の一年生でした。

現在に至るまで、娘はベッドで寝たきりの生活を送っています。脳の活動が低下し、食事も、排泄も、意識して行うことはできません。母親である私に、走りよることも、話しかけてくることもできないのです。

原因は、娘が所属していた柔道部で起きた「事故」でした。部長（キャプテン）の少年が、暴力を振るったのです。

ここで「事故」の言葉しか使えないことに、私は複雑な気持ちになります。

警察は捜査をしたのですが、少年法の問題などがあり、少年の立件は見送られました。本来なら「事件」と書きたいところなのですが、それは無理なのです。

少年は、娘の頭を摑《つか》み、コンクリートの柱に何度もぶつけ、そして、まだ受身も充分にできない娘に対し、プロレス技のようなやり方で投げ飛ばした、との話を聞いたのです。

それを「リンチ」と表現した人もいました。

リンチを「集団で暴行する」と解釈している方がいるかもしれません。ですが本来の意味は「私刑」です。辞書には「法的な手続きなしに、暴力的制裁を加える」などとあります。

暴力的制裁――。

少年の行ったことは、まさにそう表現せざるを得ない行為だったと思います。

どうして娘はこんなひどい制裁を受けなければならなかったのでしょうか。何か問題があったのでしょうか。落ち度があったのでしょうか。

そもそも、中学校内の道場で何が起きたのでしょう。娘が「植物状態」になるほどの怪我《けが》を負わなければならなかったのはどうしてなのか。

真実を知りたい。そう願わない親はいません。

当初、学校側から私への説明はありませんでした。こちらも娘の看病で手一杯です。そのことを不思議に思う余裕すらありませんでした。

事故の真相について教えてくれたのは、周囲の方々でした。娘に暴行が加えられた事実や、中学校の対応がおかしいことなどを心配して、連絡をくださったのです。

慌てて学校を訪れ、娘の身に何があったのか問いただしました。ところが、中学校は少年の暴力を否定しました。学校側には一切の責任がないと主張しました。

困り果てた私と夫は、中学校が教育委員会に提出した報告書を閲覧することにしました。

市役所で申し込むと、納得できない記述が驚くほどたくさんありました。特に、私の証言と称するものがあり、次のようなことが書かれていたのです。


「こんなにはげしく頭をぶつけたことはない」


私は、娘が頭をぶつけた瞬間は目撃していません。駆けつけた時には、娘はもう倒れていました。打撲の程度を判断することはできないのです。学校の誰かが、何かの目的で、私に事実関係を確認することなく、勝手に記載したのです。

中学校は、原因究明を真面目に遂行しているとは思えない。事故の真相を「隠蔽」しようとしている。どう考えても、そう判断するしかありませんでした。

これがどれほどショックなことか、ご理解いただけますか？

学校に疑いの目を向けるだけでも、保護者としては不安なものです。

ところが中学校は、行政機関としての「力」を使い、事故を闇に葬り去ろうとしていることを知ったのです。学校がとても恐ろしいもののように思えました。こちらは一個人でしかなく、相手は組織なのです。どちらの力が強いかは、言うまでもありません。

なぜ、こんなことになってしまったのだろう。私は茫然《ぼうぜん》としていました。

娘は毎日、楽しそうに通学していました。お会いする先生も、いい意味で、ごく普通の方ばかりだと思っていました。中学校への不満など何もありませんでした。

それが、「事故」をきっかけにして、何もかもが一変しました。

子供たちに「嘘をついてはいけない」と指導してきたはずの先生たちが、平気で真実をごまかしてしまうのです。悪夢だとしか思えませんでした。目を覚ましたら、きっと娘は元気でいる。そんなことを真剣に考えたこともあります。


私が泣きながらかけうどんを食べていた頃、長女はまさに生死の境をさまよっていました。

ＩＣＵ（集中治療室）から、一般病棟に移ってはいました。ですが、割り振られた病室はナースステーションの目の前でした。そのことが意味するのは、容態が急変する可能性が常に存在するということです。

夥《おびただ》しい数のチューブが、娘の身体には取り付けられていました。たくさんの機械も置いてあったのですが、それらはもう、ひっきりなしに警告音を発していました。ぴぴ、ぴぴ、とか、ぴぴーっ、とか、病室はアラーム音の洪水に埋め尽くされていました。娘の血圧や心拍数が危機的な状況だったからです。本当に、生きているのが不思議な状態でした。

家族は娘だけではありません。私の帰りを待っている者が他にもいます。ですから、ずっと病室にいるわけにはいかないのです。私が日中に詰め、夜は夫が交替していました。夫は通勤に使っている車で病院に直行しますから、私は電車に乗るため郡山駅に通っていました。

病院から一歩外に出るだけで、もう気が気ではありません。携帯が鳴れば、娘が危篤状態になったかと驚き、全身で飛びあがります。自宅でも寝られるはずはなく、色々な意味で疲労困憊《ひろうこんばい》していました。

身内が重い病気にかかった経験のある方はお分かりになると思いますが、看病というのは本当に大変なものです。こちら側の日常生活も維持しながら、通院も続けなければなりません。しかもその頃、私の家族に体調を崩した者がいて、その面倒も見なければなりませんでした。結果として、病院に到着する時間はまちまちでした。

私が午前中に病院へ到着すると、娘が通っていた中学校の校長や教頭が待ち構えていることがありました。そうした状況は予測していたので、特に校長には「朝、何時に病院へ行けるかは分かりません。ですので、ご迷惑になると悪いので、当面は面会をご遠慮いただけませんか」と夫が伝えていたのです。

ところが、そういう意向を伝えても、校長は病院にやってきました。そして、少なくとも私にとっては、信じられないことを口にしたのです。

「私が病院に来ても、お母さんいないんですよね。私はお母さんに会わないと、意味ないんですよ。私、どうすればいいんですか？」

どうすればいいかと訊《き》かれても、答えに困ってしまいます。私は戸惑いながら、逆に質問しました。

「面会は結構だと、お伝えしたはずですが？」

「お父さんはそうおっしゃっておられましたが、お母さん本人からは聞いていないので、確認をするために来ました」

校長の答えに、私の頭は真っ白になりました。

そもそも、こちら側が言うことではないかもしれませんが、お見舞いというのは患者を心配して来てくれるものなのではないでしょうか。それを校長は私が面会を拒否しているかどうか、その意向を「確認」するためにやってきたと言うのです。

私は「結構です」と答えざるを得ませんでした。すると校長は「分かりました」と言い、そのまま帰ってしまいました。

一体、校長は何が目的で「確認」を求めてきたのか。私には納得できる理由は思い浮かびません。わざわざ「確認に来た」というのですから、私の口から「面会拒否」の言葉を聞かないと困るというのでしょうが、何が問題なのか、さっぱり分かりません。

教師でもなければ、公務員でもない私は、想像や推論することさえも不可能です。ですが、保護者の一人として言えることは、校長の「見舞い」からは残念ながら、生徒のことを思いやる気持ちが伝わってくることは、あまりありませんでした。

そして、あの疑問だらけの報告書を、実際に誰が、どういう目的で作成したのかは、分からないところがたくさんあります。しかし、校長があの報告書を作成した「責任者」であることだけは事実です。そのことを考えるとき、暗澹《あんたん》たる気持ちになってしまいます。

ですから、私が立ち食い蕎麦店で泣いた理由の一つは、率直に言って、校長に対する怒りが含まれていました。

寒さに震えあがりながら、電車やバスなどで片道一、二時間かけて通う私に対し、いつも校長は病院に車で来ていました。しかも、ほとんどは教頭が運転していたはずです。

当然のことながら、乗用車には暖房がついています。そして、精神的にも肉体的にも疲弊《ひへい》している私に「お母さん（病院に）いないんですね」と言ったのです。

確認のための質問ということでしたが、私にとっては、病院に二十四時間、三百六十五日詰めていないのを非難されたようにも感じました。私だってそうしたいのですが、現実には不可能です。その苦しみにもがいている人間にとっては、あまりにも無神経な言葉だと思います。寒さに震えながら、かけうどんをすすっていると、説明しようのない悔しさに、涙が止まらなかったのです。

もちろん、それだけでなく、純粋な哀しみも感じていました。

これまでのような家族そろっての一家団欒が失われてしまったことを、一人で立ち食い蕎麦を食べることで痛感したのです。

娘が元気であれば、こんな寒い日は鍋でも用意して、みんなで美味《おい》しく食べていたはずです。そう思うほど、どうしてこんなことになってしまったのかとの疑問は止まず、視界はかすみ、嗚《お》咽《えつ》がどうしても漏れてしまうのです。

そんな哀しさ、悔しさを力に変え、学校や教育委員会と話し合いを続けました。しかし、全く進展することはなく、とうとう残された真相解明の手段は、裁判だけとなりました。

娘の身に何が起こったのか、どうして少年がひどい暴力を振るったのか、学校はなぜ隠蔽工作を行ったのか、こうした数々の疑問が、法廷で明らかになってほしいと願ったのです。

行政を相手取る民事訴訟を起こすことになりました。そのため、慰謝料や損害賠償を請求しなければなりません。「お金はいりません。中学校の柔道場で何が起こったのか解明してください」と裁判所にお願いすることはできないのです。

二〇〇六年八月。須賀川市などに対して介護費用など約二億三千万円を求める訴訟を、福島地裁郡山支部で起こしました。金銭目的でないとはいえ、いざ請求するとなると、きちんとした根拠に基づいて算定を行い、その額に達しました。夫が記者会見を開き、真相究明を訴えました。新聞やテレビなどが報じてくれました。

すると、それまで八方塞がりだった状況が、少しずつ変わっていったのです。

まずは東京のテレビ局が取材に来ました。テレビ朝日「スーパーモーニング」の取材クルーが、私たちの提訴をきっかけに、長期間の取材と報道を行ったのです。

それは不思議な体験でした。

私や夫は、真相をテレビの放送で把握しました。中学校の嘘が、どんどん明らかになりました。学校側の反論さえも、画面の映像と、スピーカーから流れる音声を通じて行われました。

また、それからしばらくすると、急に見ず知らずの人たちから「折り鶴」を届けたいというメッセージが伝えられるようになりました。

最初は何のことか全く分からなかったのですが、インターネットの掲示板「2ちゃんねる」で提案された運動なのだと知りました。とりあえず頂くことには同意すると、本当に大量の、真心のこもった美しい折り鶴が、家に届けられました。

私も夫もコンピューターの世界は苦手で、そうしたことを通じて、初めて掲示板に何が書かれているのか把握することができました。それを一言でまとめるとすれば、どうしようもなくひどい悪意の込められた中傷と、信じられないほどの善意が入り混じった、なんとも表現しようのない世界でした。

率直に言って、今でもネットの世界には恐怖を感じます。自分の知らないところで、自分に関することがどんどん書き込まれ、多くの人が閲覧しているのです。

ですが、事故当初から学校の対応に人間不信に陥るほど追い詰められ、家族だけの孤独な戦いを強《し》いられていた私たちにとっては、人の優しさ、温かさを再認識させてくれたきっかけともなりました。掲示板に書き込みをされていた方々と、実際にお会いする機会も生まれました。そのことがどれだけ私を励ましてくれて、勇気を与えてくれたかは、いくら強調してもし足りないと思います。

インターネットといえば、興味のある方は「学校事故」や「学校災害」などの言葉に「判例」を加えて検索をかけてみてください。

様々な裁判が起きていることが、表示されると思います。

部活中の事故。教室でのトラブル。いじめが原因の可能性がある自殺。こうしたアクシデントが発生した時、学校が関係者に充分な説明を行わず、親が裁判を起こさなければならないケースが増えてきているのです。

そうした報道が増えていると実感しておられる方も多いのではないでしょうか。

幻冬舎から、事故をめぐる経緯を一冊の本にまとめないかと提案された時、私は全国で似た事例が起きていることを考えました。

娘の「事故」を、福島県内の一中学校で起きた「不幸」な出来事だと捉《とら》えるわけにはいきません。いや、全国で起きている裁判ですらも、氷山の一角なのかもしれないのです。

私が経験したことを、多くの人に知ってもらう。そうすれば、学校で起きているトラブルや事故が、原因究明もされないまま、闇に葬られている危険性を伝えられるかもしれない。そんな想いから、手記の出版を決心しました。

ただ、「事故」の全体像を把握してもらうためには、私の証言だけでは足りないところがあります。そのため、テレビ朝日にも取材経緯をまとめてもらうことにしました。

この本はスーパーモーニングの取材ドキュメントと、私の手記の両方から成り立っています。第一章から第九章と、あとがきは番組の執筆部分になります。私の手記は、このまえがきと第十章にまとめました。ご理解の上、読み進めていただければ幸いです。

今、日本の教育現場で、何が起きているのでしょうか。

とても恐ろしい気持ちになることがあります。

悔しいことに、そうした不安を、私は上手《うま》く言葉にすることができません。

代わりに、長く苦しい裁判をサポートしていただいた、弁護士の方の言葉を引用します。裁判が結審した二〇〇九年一月十六日に行われた支援者集会での発言です。

「事故の真相をはっきりさせたい。その想いだけで裁判を続けてきました。

原因が分からなければ、対策は立てられません。安全、安心であるべき学校で、なぜこのようなことが起きたのか、はっきりさせなければならないのです。

全国各地で似たような事故が発生しています。福島地裁郡山支部の公正な判断を通じ、多くの学校に何が問題なのか把握してもらい、対策を立ててもらいたいと思います。

須賀川一中で起きた、この不幸な事故の真相を、闇に埋もれたままにしておくと、必ず第二、第三の事故が起きかねません。今度出される判決をきっかけとして、貴重な教訓を生かす道筋が生まれることを願ってやみません」

弁護士の方の言葉に私と夫は強く頷《うなず》きました。

その日の裁判では、三月二十七日の午後三時から判決公判を開くことが明らかにされていました。

あと二か月後に、裁判所が判断を下す——。

身体が震えるような気がしたのを、鮮明に覚えています。

第一章 取材交渉

「井ノ口さん、この企画どう思います？　やってみませんか？」

スーパーモーニング火曜班・担当デスクの青江重明がディレクターの井ノ口格に声をかけたのは、二〇〇六年の九月三日のことだった。

子供たちの夏休みは終わったとはいえ、建物の外はまだまだ灼熱地獄。だがスタッフルームはエアコンが快適で、井ノ口はいつものようにのんびりとスポーツ紙の釣り記事を眺めていた。

「で、どんなの？」

井ノ口は少し面倒くさそうに向き直る。

「なんか福島の中学校が、校内で起きた事故を隠蔽しているらしいんですよ。被害者は少女だし、両親も会見しているんで、企画としては成立するんじゃないですかね」

青江は井ノ口に、新聞記事のコピーを手渡した。

「須賀川一中柔道部事故　市などを相手に提訴。介護費用などを請求」

そんな見出しが井ノ口の目に入る。新聞の日付は九月一日。二日前のものだ。

新聞によると、福島県須賀川市の市立須賀川第一中学校で二〇〇三年、当時中学一年生だった女子生徒が、柔道部の練習中に頭を打ち、意識不明になったらしい。

記事の中心は、この練習中の事故を巡り、少女の親が八月三十一日に福島地裁郡山支部で民事訴訟を起こしたことだった。

中学校が部活中の安全配慮を怠った責任などを問うもので、訴えた相手は須賀川市と福島県、女子生徒を投げた少年と、その母親の四者。約六十年分の介護費用など総額二億三千万円の損害賠償を支払うよう求めたのだという。

親の訴えを、新聞は次のようにまとめていた。

女子生徒は二〇〇三年十月、練習中に足を痛めて休憩を取っていた。すると中学二年生（当時）の男子生徒が激怒。女子生徒を投げつけ、蹴りつけ、体を持ち上げるようにして畳に頭から落とした。その結果、女子生徒は意識を失い、寝たきりの状態が続いている。少女は柔道の初心者で、事故当時、部の顧問は不在だった。

こうした事実関係を父親が説明し、マスコミに対して「学校や市の教育委員会には解決しようという姿勢が一切ない。法廷で事実を明らかにしたい」と語ったという。

（厄介な企画をふられたな……）

読み終えた井ノ口の、率直な感想だった。

東京都港区六本木六丁目。六本木ヒルズ――。

テレビ朝日本社はヒルズの東側に位置している。全面ガラス張りの地下三階、地上八階のビルは幕張メッセの設計でも知られる、日本を代表する建築家・槇文彦氏の手によるものだ。いかにも都会的で洗練されたデザインに、観光客も多く訪れる。

朝の情報番組「スーパーモーニング」のスタッフルームは六階。

ビルの外観との落差はものすごい。机とパソコンぐらいは整然と並んでいるが、あとはあちこちに様々なものが散らばっている。夥しい紙資料、参考書籍、放送で使用された小道具……。

番組スタッフはチーフプロデューサーを筆頭に、ＡＤさんと呼ばれる「なんでも屋さん」まで総勢百二十人ほどの大所帯。正社員、契約社員、アルバイトなど雇用形態も様々だ。テレビ業界といえば華やかなイメージを持たれることもあるが、少なくともこの番組の仕事は地味で煩雑なものばかり。ニュースを追い、それを分かりやすく伝えるため、全国各地を飛び回り、ひたすら関係者に会って取材する。

スーパーモーニングは一九六四年、元ＮＨＫアナウンサーの木島則夫を司会者に「木島則夫モーニングショー」としてスタートした。日本で初めての「ワイドショー」だった。九三年に「スーパーモーニング」となり、俳優の川野太郎、ジャーナリストの蟹瀬誠一、俳優の前田吟らが朝の顔を務めた。

二〇〇六年当時はテレビ朝日アナウンサーの渡辺宜嗣と野村真季を司会とし、鳥越俊太郎、弁護士の紀藤正樹、評論家の白石真澄などをゲストに迎え、ニュース色を強めた構成を行っていた。硬派な政治、事件報道も多く、もはやニュース番組と何ら変わるところはなかった。

とはいえ、芸能ネタ中心で「面白おかしく」報道する、侮蔑的な意味での「ワイドショー」と呼ばれることも決して少なくない。

ここで、青江の「担当デスク」という役割については説明が必要かもしれない。

ドラマでも、バラエティでも、ニュースでも、テレビ番組にプロデューサーとディレクターは欠かせない。

プロデューサーは責任者としてキャストやスタッフを集め、番組の基本を作る。そして実際にキャストやスタッフを動かし、撮影、編集などを経て完成させるのがディレクターだ。

スーパーモーニングの場合は月曜から金曜までのいわゆる「帯番組」で、それぞれ曜日ごとにプロデューサーとディレクターが配置されている。

そして「デスク」とは、報道番組に多くみられるポジションだ。

取材企画をプロデューサーに提案し、許可が出ればディレクターに発注を行う。いわば上層部と現場の橋渡し的な存在だ。

火曜班・担当デスクの青江重明は一九七二年生まれ。京都府出身で、京都大学を卒業し、九七年にテレビ朝日に入社した。

報道畑一筋で、北海道警察裏金問題など、公務員の不祥事を先頭に立って追及し続けてきた硬派な記者だった。この年の四月からスーパーモーニングのデスクを務めていた。

一方、ディレクターの井ノ口格は六六年東京生まれ。早稲田大学を中退し、映像制作会社でバイクのビデオなどを作っていた。番組に「派遣常駐スタッフ」としてかかわるようになったのは九五年。オウム真理教の地下鉄サリン事件が起きた年だった。

井ノ口は現場を取材しては原稿を書き、ＶＴＲの編集を行ってきた。神戸連続児童殺傷事件、和歌山ヒ素混入カレー事件、新潟県中越大震災など、大きく報道された事件・事故には何らかの形でかかわっているベテランだ。これまでに放送したＶＴＲは優に五百本を超える。テレビ朝日に派遣されている、いわゆる「外部ディレクター」だ。

　訴訟を青江が知ったのは、ネット上の巨大掲示板「2ちゃんねる」の「痛いニュース」だった。テレビや新聞が報じない小さな「事件」でも、興味深い情報が掲載されていて、青江は頻繁に閲覧を行っていた。

　掲示板には「少女かわいそ」「学校アヤマレ」など少女と両親を応援する書き込みもあったが、「金目当てじゃね」「二億！　宝くじ」などの高額な賠償請求を批判するものもいくつか見られた。

　だが、もともと公務員の不正を暴くことをテーマとしていた青江は、その経験から新聞記事を読むと「学校側は絶対に何かを隠している」と直感した。そして「それを明らかにしたい」と考えた。

　プロデューサーから取材の許可を得た青江は、この企画を任せる相手として井ノ口を選んだ。

　井ノ口は事件担当ディレクターとして豊富な経験を持っている。取材もしつこい。なおかつ冷静というか、どこかクールな一面を持っている。民事訴訟では原告や被告を含め、関係者の利害が複雑に絡みあうことも多い。現場では何より慎重さが求められる。青江は井ノ口の「醒《さ》めた目」に期待を寄せていた。

　ディレクターの井ノ口は何度も新聞記事に目を通していた。

（可哀想な少女の姿と、両親の号泣がポイントになるだろうな……。しかし、それにしても損害賠償請求二億三千万円は高いぞ……）

デスクとは別の見方で、記事の行間を読む。

少年が少女に振るったとされる暴力。その内容は確かにひどそうだ。中学校の柔道場の畳に容赦なく投げつけられる少女。そして怒鳴りながら、嫌がる少女に対し更に技をかけようとする少年。少女の顔は涙でぐしゃぐしゃになっている……。

頭の中に、作り上げた光景が勝手に浮かび上がってくる。

青江の狙いは分かっている。このニュースの根幹は学校側の姿勢だ。両親の「解決しようという姿勢が一切ない」との訴えだ。

視聴率も、そこそこ取れそうな気がする。

それにしても、裁判とは気が重い。そもそもニュースを報じる際には、意見の異なる当事者がいれば、それぞれの訴えを放送に反映させなければならない。まして民事訴訟となれば、その条件は更に厳しく高いハードルがある。

両親の一方的な意見だけを取り上げて放送した場合、加害者とされる少年や学校から猛烈な抗議を受ける可能性が出てくる。それればかりでなく、名誉棄損などで訴えられることもありえる。

井ノ口もまた、相当に慎重な態度が求められていることをひしひしと感じながら、振られた企画をオンエアすべく、取材に取りかかった。

テレビは何より映像が最優先だ。「画《え》」がなければ説得力に欠ける。

新聞記事には「会見を開いた」とある。それならば、テレビカメラが会場に入っていないだろうか。

井ノ口は机のパソコンでテレビ朝日のデータベースにアクセスした。事件、事故、スポーツ、芸能と、様々なニュースの映像素材が記録されており、瞬時に検索を行うことができる。検索ワードを求められた井ノ口は「須賀川」と入力した。結果は「該当するデータはありません」だった。

東北地方の小さな街《まち》で起きた中学校の部活動中の事故。しかも被害者は意識不明とはいえ存命している。さらに事故から三年近く経過してからの両親の会見……。東京からわざわざ取材に赴くわけはなかった。

井ノ口は青江に、会見を取材したテレビ朝日の系列局・福島放送に映像があるかどうか確認してもらい「あれば借りてくれ」と頼んだ。

半日がたち、福島放送から会見映像が電送された。ようやく画面を通して少女の両親と対面することができた。

「事故原因がはっきりしないと事故防止にはならない。同じようなことが起きる可能性がある。法廷の場で事実を解明するほかない。みんなに事実を知ってもらいたい」

画面中央には白髪交じりの男性が座っていた。小熊のぬいぐるみを思わせる優しそうな顔だち。少女の父親だ。新聞には五十歳と書いてあった。

「二度とこのような事故が起きないように学校が変わってほしい」

飾り気のない声が、スピーカーから流れる。イントネーションがほんの少し東北的だが、それほど訛《なま》っているわけではない。喋《しゃべ》る父親の表情ははっきりと捉えられていて、「顔出し」をＯＫしたことが分かった。

一方、母親は会見で全く発言を行わなかったため、画面に顔が映ることはなかった。だが、会見の前後でカメラに写り込んでいたため、井ノ口はその姿を見ることができた。細面《ほそおもて》のせいか一見すると華奢《きゃしゃ》で、それこそ叩けばすぐに壊れてしまいそうな感じだった。しかし、芯は強そうな気がする。後で知ったことだが、このとき母親は四十三歳だった。

（少し追いかけてみるか）

父親の誠実な話しぶり、母親の悲痛に耐える表情を見て、井ノ口の勘が働いた。夫婦の訴えは決して嘘ではない。大げさに被害を主張しているわけでもない。

そして、母親の整った顔立ちに、視聴率の要素を見つけた。

（何とか、「顔出し」を了承してもらえないだろうか……）

視聴率。それは営業マンなら営業成績であり、小売業では売り上げといえば分かりやすいだろうか。テレビの現場で働く人間は、このわずか数パーセントの数字の上下に過敏と思われるほど反応する。その結果によっては、番組の内容まで変わってしまう。

視聴率へのこだわりは批判されることが多く、その内容はほとんど正論だろう。しかし、視聴者が求めている番組を作っているかどうか参考になるのも事実だ。おまけに民放は、悪ければ番組が終わってしまう。低ければ制作費に影響が出る。

逆に全体の数字が良ければ、たとえ情報番組であっても硬派なネタをぶつけることもできる。思いきった取材もできる。

井ノ口のような現場の人間からすれば、視聴率を取ったからといってボーナスが出るわけでもない。それなのに数字にこだわってしまうのは、やはり取材した内容を多くの人に見てもらいたいからだ。

気にすべきものだが、振り回されるのはごめんだ——それが井ノ口にとっての視聴率だった。とはいえ、献身的な母親がテレビに出演してくれれば、数字が上がる可能性は高い。しっかり取材しようと思いながらも、常に視聴率を計算に入れている。自分でも厄介な思考回路だと思う。


夜になり、井ノ口は両親の電話番号を入手した。

取材交渉のため机の受話器を取る。大きく息を吸い込んでからボタンを押す。電話は苦手だ。何度経験しても絶対に慣れることはない。

トゥルルルルー、トゥルルルルー……。

何回目かの呼び出し音がして、男性が「はい」と電話に出た。父親だった。

「東京のテレビ朝日のスーパーモーニングという番組で、ディレクターをしている井ノ口と申します」

緊張しながら、自己紹介をする。

「ご両親が、事故の真相究明のため裁判を起こしたという記事を読み、取材させていただきたいと思って連絡させていただきました。学校側の事故を隠す姿勢は、教育に携わる人間として問題があると思っています」

取材意図を説明すると、父親は突然の電話にちょっと戸惑ったようだった。それでも依頼を快諾してくれた。たとえ会見を開いた当事者であっても、個別取材が拒否されることは珍しくない。ほっとしたのもつかの間、父親が「取材には条件がある」と言う。

「なにぶん小さな街なので、匿名でお願いできますか。それと、娘と妻の顔は放送しないでください」

母親に「顔出し」の許諾を得るどころか、更に「条件」がアップした。予想もしていなかった展開に井ノ口は慌てた。

（いや、それはまずい……）

テレビは映像と音声で情報を伝える媒体だ。少女や両親の実名を伏せることに放送上の大きな問題はない。母親の「顔出し不可」も、会見と同じだと思えば納得できる。

だが、意識不明になった少女の顔が映せないとなると、視聴者への説得力が弱くなってしまう。もちろん視聴率にも影響するだろう。

「なんとか放送させてもらえないでしょうか。被害者の表情がテレビに流れるのとそうでないのとでは、見ている人に訴える力がぜんぜん違うんです」

井ノ口は、正直に自分の要望を伝えた。

「私はかまわないんだけど妻が嫌がるんですよ。ちょっと待ってください」

ガタン……。

少女の父親が受話器を置き、奥へ向かう足音が聞こえた。

しばらくすると、女性が「はじめまして」とあいさつした。緊張しているのだろうか、声がかすかに震えている。

「母親です。取材はありがたいぐらいですが、意識不明の娘は、市の福祉課で介護のお世話になっています。裁判で影響が出ないか心配しているぐらいで、何となくテレビに映されるのは抵抗があるんです。それになにより、娘が文句を言うんじゃないかと思いまして……」

（娘が文句？……）

少女は意識不明のはずだ。井ノ口が意味をつかみかねていると、戸惑いを察してくれたのか、母親が説明を重ねてくれた。

「眠っている娘の許しがないまま放送されちゃうと、意識を取り戻したら『何で私の顔を勝手にテレビに出すの！』『テレビに出演するなら、もっとちゃんとお化粧してから出たかった』って言われるんじゃないかと思うんです。もう娘も十五歳で年頃なんで……」

さすがに母親は、ちょっと照れた感じの声になっていた。井ノ口は微笑《ほほえ》んだ。確かにそうかもしれない。本人の承諾を得ないまま、いきなり全国ネットで寝顔を紹介したら、「レディ」に対して失礼になる。

「なるほど、男の自分には思いもよらないことでした。お嬢さんの現在の顔については放送の際、ぼかしを入れましょう。その代わり事故の前、元気だったころのお写真を使わせていただくというのはいかがですか？」

「それなら娘も文句を言わないと思います」

少女の母親との電話線を通じての短いやりとり。だが井ノ口は、想いがほんの少しではあるが通じ始めたことを感じた。

井ノ口は翌日、午後一時に出社した。

放送前日を除いて普段はめったに午前中に出勤することはない。スタッフルームにかばんを置いてまずは一服しようと思った。

喫煙スペースに向かうとデスクの青江がいた。井ノ口と青江は共に愛煙家だ。日に二箱は空ける。タバコの苦い煙を吸わないと頭がすっきり目覚めてくれない。

「少女の両親なんだけど取材受けてくれるよ。女の子は今の顔にボカシが必要だけど、昔の写真なら使ってかまわないって」

セブンスターに火をつけながら井ノ口が伝えると、童顔なくせに、顎《あご》にまばらなひげをたくわえた青江がニヤリと笑い、マルボロの煙をフーッと吐き出した。

「バッチリいけますね。ところでリポーターは誰がいいですか?」

「そうだな、誰にするか……」

スーパーモーニング所属のリポーターは事件・芸能をあわせて十人。それぞれ独特の個性を持っている。冷静、誠実、熱血漢……その選択次第でVTRの完成度、雰囲気が変わってしまうのは否定できない。スタジオでのやり取りでも、リポーターのキャラクターで、アナウンサーやコメンテーターとのQ&Aは違ってくる。

もちろんディレクターとの相性も重要だ。事前の打ち合わせ、実際の取材、ロケ、そして放送前日のスタジオ打ち合わせまで、ディレクターとリポーターは常に二人一組、協力しあって放送までこぎつける。時には取材方法や内容について意見がぶつかり、けんか腰にさえなる。

ましてや今回の企画に関しては、細心の注意と大胆で強気な行動力が要求される。経験豊富なリポーターでなければ放送が成立しなくなる恐れがあった。

井ノ口がリポーターの候補としてあげたのは三人。いずれも五十代後半の男性だ。

まずは所太郎。グループサウンズ全盛時代、バンド「ザ・リガニーズ」のメンバーだった。ラジオのパーソナリティーを経験した後、スーパーモーニングのリポーターになった。取材対象者の細やかな心の動きを引き出すことにかけては抜群の能力をもっている。

二人目は高村智庸。もともとはライバルの裏番組だったTBS「モーニングアイ」のエースリポーターだった。

一九九五年のオウム真理教事件の際、TBSは取り返しのつかない大きなミスを犯し、ワイドショーから撤退することになった。そのため高村はテレビ朝日に移籍してきた。気さくな人柄で、若いスタッフが「番組の中で一番偉そうにしていますね」と生意気な冗談を飛ばしても、笑って受け止めている。

三人目の井口成人も、日本テレビの裏番組「ルックルックこんにちは」から移籍している。役者出身の井口は同局の「テレビ3面記事　ウィークエンダー」からテレビにかかわるようになり、よくも悪くもオーバーアクションが特徴だ。しかし取材力は抜群で、現場ではディレクターやカメラマンを置いてきぼりにするほど率先して動き回る。

Tシャツに紺のデニムのジーンズ、そして赤いバンダナとウエスタンブーツ。とても五十代とは思えないファッション。新潟出身だが、その性格は典型的な江戸っ子気質。まさに直情径行タイプで、正義感が強く、人情に篤《あつ》くて涙もろい。「悪い奴らは許せねえ」とばかり、事件取材ではすぐ頭に血が昇るものの、冷めるのも早い。

(さてこの中から誰を選ぶか……)

井ノ口は井口に決めた。

ディレクターの井ノ口とリポーター井口の組み合わせだと、名前が似ているため相手が混乱することもあるにはあるが、やはり現場での突進力は大きな魅力だった。

今回の取材では、学校や教育委員会は係争中を理由に取材拒否する可能性が高い。そんなガードの固い相手に対し、どこでも突っ込んでいく井口の存在は頼りになるはずなのだ。

一緒に仕事をするようになっておよそ五年になる。互いに気心は知れている。冷静なディレクターと熱血漢のリポーター。この組み合わせも、意外にバランスが取れているのかもしれない。

(そうと決まれば早速連絡しなくては……)

月曜日から金曜日まで毎日の放送があるスーパーモーニングでは曜日ごとの縦割りで作業が進んでいく。リポーターに関しては班同士でスケジュールの取り合いになっているのが現状なのだ。

ディレクターの井ノ口は、リポーターの井口に電話した。

「モーニングの井ノ口です。今度、福島県の須賀川で起きた、中学校内での事故について取材へ出たいのですが、都合はどうですか?」

「いや、もういつでも出られますよ」

リポーターから二つ返事で了解を得たディレクターが次に電話をかけたのは、少女が怪我をした須賀川第一中学校だった。

「テレビ朝日、スーパーモーニングの井ノ口と申します。新聞で見たのですが三年ほど前に、そちらの中学で柔道部の部活中に事故にあった少女の両親が民事訴訟を起こすということなんですが、その事故に関してお話を伺えないかと思いまして……」

電話に出たのは若い声の男性だった。おそらく教員の一人だろう。

「はい、少しお待ちください」

上司と相談しているのだろうか、しばらく待たされた後、次に電話口に出てきたのは教頭だった。

「お電話代わりました。取材をしたいとのことですが、少女のご両親が裁判を起こすと伺っております。取材にお答えすることはできません」

予想したとおりの答えが返ってきた。

「あっ、そうですか。お話を伺いたかったんですが、分かりました。どうも失礼いたします」

あっさりと諦《あきら》めたかのように返事して、電話を切った。

そして喫煙スペースで、缶コーヒーを飲みながら、セブンスターを立て続けに二本吸った。ガラス越しに六本木ヒルズの町並みをぼんやりと眺めながら、これからどのように取材を進めていくか頭の中で組み立てていった。

（それならそれでこちらにも考えがある……）

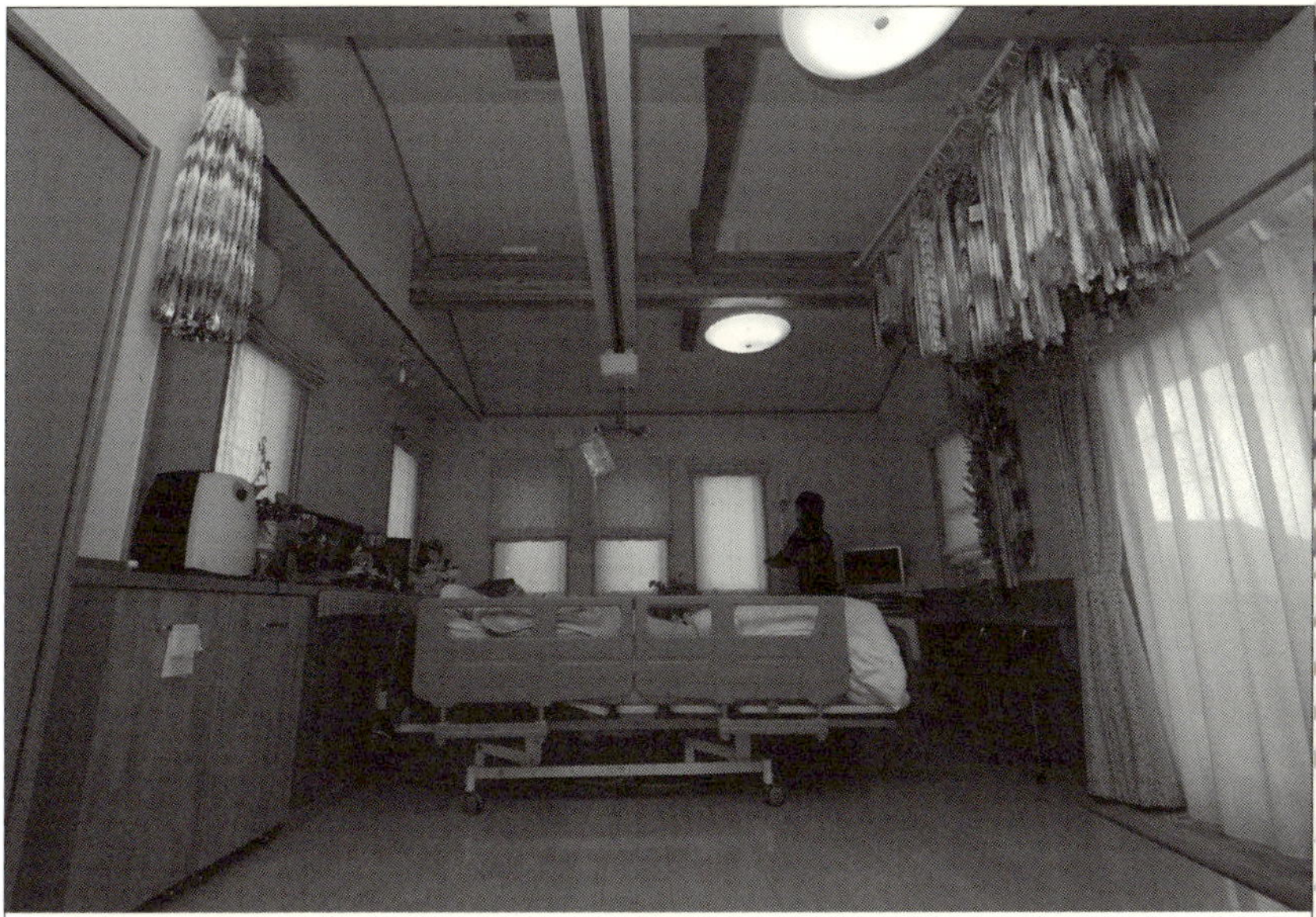

第二章　自宅取材

九月九日早朝。

東京都の多摩地区にある井ノ口の自宅の前には、一台の黒塗りの車が停まっていた。

スーパーモーニングのスタッフは、公共交通機関も動いていない時間に早朝出社する場合「朝迎え」と呼ばれる車が手配される。

自宅前で車から降りた運転手がドアを開けて待っている。ベテランディレクターの井ノ口は、まだ眠い目をこすりながら後部座席に乗り込んだ。

（まるで重役様、だな……）

不釣り合いな厚遇に、自分に皮肉を言うのはいつものことだ。だが、さすがに十年以上この生活を続けていると、感覚が麻痺してきているのか、だんだんと贅沢だとは思わなくなってきている。

午前六時五十分に会社に到着。

今日は取材ロケの初日だ。出発まではまだ時間がある。番組では日刊紙、スポーツ紙の全て、計十二紙を毎日三百部近く購入している。井ノ口はＡＤが仕分けしたその一組を受け取り記事に目を通す。

（今日も特に気になる記事はなし、か……）

ゆっくり一時間ほどかけて新聞を読んでいると次第に頭がさえてきた。紙袋に「ベーカム」と呼ばれる撮影用のテープを十本ほど入れ、事故に関する記事を整理する。リポーター用にも一部コピーをとる。

（さて今日のロケ、どう進めるか）

ディレクターが一日の取材の段取りを考えていると、

「おはようございます！」

スタッフルーム中に響き渡るような大きな声でリポーターの井口がやってきた。

（朝から元気な人だ、きっと低血圧とは無縁なんだろう……）

井ノ口は資料を渡し、リポーターが目を通す横で状況を説明する。

「今日は午後一時から少女の両親に自宅でインタビューする予定です。その後は事故発生時に現場にいた当時の柔道部員の家を片っ端から回って、両親の主張のウラ取りですかね。問題なのが学校側なんですが、取材拒否なんですよ。まあ、これについては夜にでも校長の自宅に行ってみますか」

「で、女の子は何処にいるの？」

「意識不明のままですが、自宅でお母さんが介護してるらしいので、今日会えると思いますよ」

「それにしても、ひどい話だねえ」

僅《わず》かな記事情報だけで井口の心の中には既に怒りがわいてきているようだ。

「そろそろ、撮影クルーも一階に着いているだろうから行きますか？」

二人はテレビ朝日本社前の車寄せに横付けしてあるワンボックスカーに乗り込んだ。既に車の中にはドライバーとカメラマン、録音担当の「音声さん」が待機していた。

「おまたせ！　今日はちょっと遠いけど福島の須賀川までよろしくね。首都高速道路の霞が関に入る前に朝飯兼つなぎとしてコンビニで何か買っていこうよ」

井ノ口は明るく声を張り上げる。車で長距離のロケに出るときはいつもこのパターンだ。コンビニでサンドイッチやおにぎり、飲み物を買って、いざ須賀川へ。片道およそ三時間の距離だ。

「両親とのアポは十三時だから須賀川に着いたらまずは昼飯だな。じゃ、おやすみー」

すでに隣の席ではリポーターが寝息を立てている。朝の番組の仕事をしている関係上どうしても寝不足気味になる。

車が首都高を何とか通り抜け、浦和の東北自動車道入り口を通過した。スモークガラスを通して流れる景色には、次第に畑が目立ち始めている。栃木県、佐野市の手前辺りだろうか。朝が早かったせいか井ノ口も眠りに落ちた。


カッチンカッチンカッチン……。

どれくらい寝たのだろうか、井ノ口は少しずつ覚醒する意識の中で、車のウィンカーを出す音とインターチェンジのカーブを曲がる重力の傾きを感じた。

（須賀川に着いたか……）

とりあえず腹ごしらえしなくては、と飲食店を探すが、なかなか見つからない。福島県の小さな地方都市。人口は八万人ぐらいだという。住民の人たちはあまり外食をしないのだろうか。

結局、ファミリーレストランを選んだ。

ファミレスに罪があるはずもない。しかし、せっかくなら地元ならではの美味《おい》しいものを食べたい。昼飯ごとき、どこでも同じじゃないかと思われるかもしれないけれど、カメラマンや音声さんは毎日のようにロケに出る、いわば体力勝負のガテン系だ。食事の良し悪《あ》しで、仕事に対する意気込みが大きく違ってくる。

あるカメラマンは、とにかく「ファストフード」が嫌いだった。しかも独自の基準があり、ハンバーガーやフライドチキンだけでなく、ラーメンや牛丼もその範疇《はんちゅう》に含まれる。なぜそこまで「遅い」食事にこだわるのかは分からないが、バイパス沿いの小さな街を取材し、ラーメン店が一軒しかないと露骨に機嫌が悪くなる。

勝手に怒っていればいい、とも言えない。険悪な雰囲気は必ず伝染し、取材クルーのポテンシャルを下げる。だから井ノ口は、スタッフのやる気を出させるのも、ディレクターの大切な役目のひとつだと思っている。

「ごめん、ファミレスになっちゃった。メニューにある好きなもの食べていいからさ」

使える予算には限りがあるが、井ノ口はできる限りケチらないようにしている。幸い、この日のクルーはそれほど食事にうるさくない人間のようで、文句ひとつ言わず、料理を口に運んだ。

「十三時、十分前だけど出ますか」

少女の自宅までは車で五分くらいだろう。

(電話では話をしたとはいえ、両親はどんな人たちなんだろうか……)

井ノ口は、いろいろ想像をめぐらせながら車に乗り込んだ。

須賀川の街中の道を車が何度か曲がるうちに、とうとう少女の自宅が見えてきた。

少女の自宅は街の中心からは少し離れた場所にあった。

周囲は住宅と畑が混在している。二階建ての建物は、築十年ほどだろうか。母屋の横にコンクリートの真新しいスロープが設けられ、その奥に平屋の建物が増設されていた。

（あの部屋に少女はいるんだな……）

井ノ口は部屋をチラッと見ながら名刺を用意して、リポーターの井口とともに玄関へと向かった。

ピンポーン。

「はい」

「おはようございます、テレビ朝日、スーパーモーニングの井ノ口です」

最初の挨拶はそれだけだった。

「あっ、今開けます」

ガチャ……。

ドアの向こうから姿を見せたのは、あの会見の映像で見た少女の父親だった。

「遠いところ、ごくろうさまです」

すこしうつむき加減でまだあまり目を合わせない。

（テレビの取材なんて一般の人はそうそう受けることもないし、どう対処していいのか困惑してるんだろうな）

そんなことを考えながら、自分の名刺を渡し、リポーターの井口を紹介する。少女の父親は丁寧に名刺を受け取り、取材クルーを和室に通してくれた。

井ノ口はまずは大まかな流れを聞こうと父親に向かって話しかけた。カメラはまだ収録を始めていない。

「お嬢さんの事故ですが、かなりひどい暴力があったようですね。いったいどんな状況だったのですか？」

横からリポーターも質問を追加する。

「学校が事故の後、隠そうとしたんですって？　ひどい話ですよね」

ディレクターとリポーターの二人に、立て続けに質問された少女の父親は、まるでなにかを決断したかのように顔をあげると視線を井ノ口にぶつけてきた。

「妻がその日、学校へ駆けつけたんです。ここに妻も呼んで一緒に話をしましょう」

数分後、ふすまが開いて少女の母親が和室に入ってきた。

「今日は本当にごくろうさまです」

がっちりとした体格でどこか無骨な感じのする父親とは対照的に、母親は線が細い。しかしその瞳の奥には信念を曲げない力強さを感じた。

「事故が起きたのは二〇〇三年の十月十八日のことでした。その日は土曜日で授業はお休み、娘は柔道部の練習のため朝八時半ごろ出かけていきました」

母親は、記憶を事細かに呼び戻すかのように顔を傾けながら、娘が受けた暴力と、その後の学校と教育委員会の隠蔽工作について語り始めた。

その日の少女は、いつものように明るく「行ってきまーす」と笑顔で中学校に向かった。

須賀川一中では、生徒の全員が部活動に参加しなければならず、彼女は柔道部を選んでいた。身長が約百七十七センチと、体格には恵まれていたため、ソフトボール部とバスケットボール部から「スカウト」されたこともあったという。

娘を送り出した母親は洗濯を済ませ、昼前にホームセンターに買い物に出かけた。すると正午ごろ突然、母親の携帯に着信が入った。電話の主は柔道部の副顧問を務める男性教諭だった。

「お嬢さんの具合が悪そうなんです。意識もないみたいです。学校に来てもらえませんか」

幸いホームセンターは中学校のすぐ隣に位置していた。母親は「え、何?」と驚いて、学校へ駆けつけた。

二階まで階段を上がり、長い廊下の突き当たりにある、教室を改造した柔道場に入った。そこで見た娘の姿は、尋常ではなかった。入り口付近に横たわり、失禁し、瞳孔も開いていた。呼吸もうまく行うことはできず、口からよだれを垂れ流していた。

ウーン、ウーン、と苦しそうに唸《うな》っている娘に、母親は必死に名前を呼び続けた。だが、返事はなかった。意識を失っているようだった。

「いま、救急車を呼びましたから」

母親の耳に、遠くで誰かが叫ぶ声が聞こえた。何がなんだか分からない状態の中、副顧問の男性教諭が状況を説明する。

「休憩中に倒れたんです。何もしていないし、頭も打っていないそうです」

まもなく救急車が到着した。少女を乗せたものの、なかなか出発しない。いてもたってもいられない母親に、救急隊員は教師と勘違いして状況説明を求める。答えられるわけがなかった。母親は混乱するばかりだったが、いつの間にか中学校の校長が、救急車の窓に顔を張り付かせるようにしてのぞいているのには気づいた。

その異様な雰囲気は、非常に強い印象となって残り、母親の脳裏に深く刻まれた。

母親の証言は続く。

少女が搬送されたのは車で飛ばしても三十分ほどかかる、隣の郡山市にある総合病院だった。ここには脳神経外科の専門医が常駐している。

一刻をあらそう少女の容態。検査は矢継ぎ早に行われた。

「左硬膜下に出血しています。脳が強く圧迫されて昏睡状態にあります。このままでは亡くなります。できるだけのことはやります」

医師の言葉を聞いても、母親は意味が理解できなかった。頭の中が真っ白になっていた。

午後一時三十分。緊急開頭手術が始まった。

少女の怪我はその命にかかわるほど重篤なものだった。頭に強い衝撃を受け、頭蓋骨内で大量に出血していたのである。

人間の頭は頭蓋骨の下に脳を守るための「硬膜」、そしてその下に血管が縦横に走る「くも膜」、更にその下に脳そのものがある。少女が意識を失った原因はその硬膜と、くも膜をところどころで繋《つな》いでいる血管が衝撃により破れ、出血したことによるものだった。

流れ出した血液は次第に量を増やしていくが、脳を守る頭蓋骨という硬い〝殻〟にせき止められてしまう。その結果、圧力が異常に高まり、少女の脳は半分ほどに縮んでしまったのだ。

少女の母親は、廊下で手術の成功を祈り続けていた。

校長と柔道部の副顧問も救急車のあとを別の車で追いかけてきていた。夫も勤務先に連絡が届き駆けつけてきた。

「いったい何があったんでしょうね。本当に何があったんでしょうね」

手術が終わるのを待つ間、校長は何回も、同じ質問を誰に訊《き》くとはなしにつぶやいていた。そしてあわただしく電話をかけながら、なにやらしきりにメモしていた。

手術は予想以上に困難を極めた。ようやく終わったのは午後九時三十分。じつに八時間に及ぶ大手術だった。

ドアが開きストレッチャーに乗せられた少女がＩＣＵ（集中治療室）に運ばれていく。人工呼吸器をつけ、両腕にはいくつもの点滴の管《くだ》が取りつけられている。

母親は脇に付き添い、またも娘の名前を懸命に呼びかけるが、返事はなかった。手術は成功したものの、少女は意識不明の危篤状態だった。

午後十時三十分、両親は手術を担当した医師から説明を受けることになった。

ところが医師はすぐに病状の説明を行わなかった。開口一番に同席していた校長をひどく叱りつけたのだ。

「先生ですか？　いったい何をしたんですか！　どのような練習をしたんですか！　ちゃんと指導してきたんですか！　少女の頭には気を失うほどの衝撃を何度も何度も受けた跡がある。いじめはなかったんですか？　柔道の練習とは思えない異常な行為があったんでしょう！」

　校長は、ただ下を向いて話を聞いているだけだった。

　母親は医師が何を話しているのか理解できなかった。学校に駆けつけたとき、副顧問の教諭が「頭は打っていない。休憩中に倒れた」と語っていたからだ。しかも、その時はそれどころではなかった。何より先に娘の体が心配だった。

「手術は成功しました。しかしお嬢さんの脳は腫《は》れが残っている状態です。頭の骨も完全には閉じていません。抵抗力が低下しているので大変危険な状態です。われわれにできることは神様に祈ることだけです」

　ＩＣＵへ運ばれた少女には、その日から体全体を冷やす低温療法が始められた。怪我で脳は腫れあがり、その熱で脳細胞が死滅する恐れがあったからだ。

　少女は機械の力で、かろうじて生命を維持していた。静かなＩＣＵに響く心電計の音、自力呼吸ができない肺に空気を送る人工呼吸器の音、それだけが生きている証だった。何日も危篤状態が続いた。両親は毎日病院に通い、奇跡的な回復を願い、看病を続けた。

　体温は限界まで下げられ、両親がわが子の手に触れても、そこに命の温かみは感じ取れなかった。激しいダメージを受けた脳は、生命を維持していくことができるかどうか、ぎりぎりの状態だった。血圧が急激に低下し、いくら強心剤を射《う》っても効果があがらなかった。何度も注射された腕は、しまいには痕だらけになり、針をさす隙間さえもなかなか見つからないほどになった。

「今日一日だけでも生きていてほしい」

　集中治療室に入室できるのは昼と夕方の一日に二回。それもわずか三十分間だけだった。母親は看病しながら、なんとか意識が戻ってくれるように、枕元で名前を呼びかけようとした。しかし危篤状態の姿を見ていると、のどの奥が詰まったようになり、声は出なかった。母親は代わりに友達に見舞いに来てもらい、少女に話しかけてもらいたいと学校に頼んだ。

容態がいつ急変するか分からないため、面会時間以外は病院の廊下やロビーで待ち続けるしかなかった。

ひんやりとした廊下の長いすに座り、祈り続ける毎日。

しかし、同級生たちが訪れることはなかった。

少女のクラスの担任が、生徒や保護者に「怪我はたいしたことがない」と説明し、入院の事実を口止めしたからだ。

代わりに毎日のように病室に姿を見せていたのが校長だった。校長は両親に対し、

「生徒たちから話を聞いたが、練習にはなんら問題がなかったんですよ。どうしてこんな怪我が起きたのでしょうか？　何故《なぜ》でしょう？　部活のほかに原因があるのではないですか？」

そうささやき続けたという。

ところが、事故から二週間ほど経《た》ったある日、両親のもとへ、柔道部員の保護者から思いがけない電話があった。

「事故について、校長が説明した内容がおかしい」

このまま少女の両親が黙って何も言わないと、学校側が既成事実を作ってしまうのではないかと心配したのだという。そして、事故からおよそ一週間後の十月二十四日に行われた説明会の様子を教えてくれた。

部員の保護者が集められ、校長が「(少女は）入部以前から頭に病気を持っていたようだ。それが柔道のために発症し、今回の怪我を引き起こした。部では怪我をするような練習は行っていなかった」と発言したのだという。

両親は非常に驚いた。そのような持病は一切なかったからだ。

しかし、少女は危険な状態が続いていた。両親が「娘は生死の境をさまよっており、正確な事実を説明できるような余裕はない」と理解を求めると、相手は絶句した。「そんなことを、説明会で学校は何も言っていない」

母親の証言は、学校の対応へと移る。

事故から二か月ほどが経ち、少女の容態が回復の兆しを見せてきた。

一般病棟に移り、人工呼吸器もはずされた。しかし、意識は依然として回復せず、自力では体温調節もできなかった。急変の可能性も常に存在した。

そして、学校の原因報告が伝えられることもなかった。

そんな頃、少女の自宅にある投書が届いた。

「原因はある生徒のイジメです。子供たちがそう言っています。きちんと調べたほうがいい」

少女の怪我は、一人の少年の暴力が原因だと書いてあった。少年の身長は約百八十センチ、体重約百二十キロ。同じ柔道部員だった。

年が変わって二〇〇四年になると、さまざまな場所で、そうした「噂」が流れているのを知った。二月、遂に父親は学校を訪れ、校長に説明を求めた。

「娘の事故ですが、いまだにその原因と再発を防ぐ改善策について説明がありません。いつになったら話を聞けるんでしょうか？」

校長が答える。「怪我の原因は分からないんです」

「手術のあと医師が、学校をひどく叱ったでしょう。どんな練習をしていたのか、どんな指導をしていたのか、どんな管理をしていたのか、やってはいけないことをしていたでしょうと、何度も何度も気を失うような衝撃を受けた跡が残っていると言ってたじゃないですか」

「生徒たちから聞いても怪我をするような頭部打撲の事実はなかったんです。原因は分かりません。練習方法にも指導面にも問題はありませんでした。ですから改善策は考えようがないんです。ご両親にも謝罪したくても謝罪できないんです。どうしたらいいんでしょうね」

男子部員の暴力について問いただしても、校長は否定した。そして、学校側の責任は一切ないと繰り返した。

納得のいかない両親は須賀川市教育委員会を訪ね、学校が提出した事故報告書の開示請求を行った。職員立会いのもと閲覧すると、それは両親が想像もしていなかった内容だった――。

母親の話に息をつめて聞き入っていたディレクターの井ノ口と、リポーターの井口に向かい、父親が「これが事故報告書です」と、Ａ４判の書類を見せてくれた。

全部で七ページあり、「生徒傷害事故発生報告」の題がついている。日付は事故が起きた四日後の二〇〇三年十月二十二日だ。

報告書は少女の病状を「急性硬膜下血腫」とし、発生を十月十八日、土曜日の午前十一時五十五分と記している。

少女が重傷を負った原因を「柔道の練習中における頭部打撲とおもわれる」とし、当日の柔道部の練習経過を、時系列でまとめていた。

練習が開始されたのは午前九時。

ストレッチ、器械柔軟体操を終えると、柔道技の練習に移る。

寝技、立ち技、と順調に続き、およそ二時間後の午前十時五十分、「乱取り」と呼ばれる練習試合が始まった。

少女は一回目の乱取りには参加していない。しかし二回目、少女は一人で七人の相手と次々試合をする「元立ち」という役目を務めた。

その際、受身が取れず背中から倒れ、頭を打った、という。

少女はその後も乱取りを続けたものの「足全部が痛い」と泣き出したため、次の乱取りは参加しなかった。

そして、午前十一時五十分、三回目の乱取りが始まった。

練習に参加していなかった少女は、その五、六分後、窓際の壁のところでしゃがみこんだ。前屈《まえかが》みになり顔を覆い、大きな声で泣き出した。

少女はそのまま倒れていく。部員たちが声をかけたが、応答がなかった。よだれをだしていた。仰向《あおむ》けにすると、苦しそうにうなった……。

報告書を素直に読めば、乱取り中に受身が取れず、頭を打ったことが原因のようにとれる。男子部員による暴力については一切、記されていない。

両親は、ディレクターの井ノ口と、リポーターの井口に向かって訴える。

「暴力行為について何も書かれていないのも納得できないのですが、それ以前の問題として、事実誤認としか思えないことがたくさん書いてあるんです」

井ノ口は「どういうことですか」と説明を求めると、母親は話を始めた。


最初の問題点は、母親が到着した時間だった。

携帯に学校から連絡が入ったのは正午ごろ。ホームセンターと中学校は近い。母親は連絡を受けて二、三分後には中学校に到着。娘の姿を見て気が動転してはいたものの「お母さん、今救急車を呼びましたから」と呼びかける声を聞いている。

ところが、報告書では、学校は正午五分過ぎに119番通報したことになっており（後に消防記録で午後零時七分と判明）、母親が娘の元に駆け付けたのは、その約十五分後、つまり午後零時二十分ごろとされた。自分への確認もなく勝手に、遅い到着にされてしまったのだ。

さらに「その他参考事項」として、顧問の教諭が少女の両親にしたというアドバイスが記載されていたが、その内容もおかしかった。

実は事故の一か月前、九月十二日にも少女は柔道部の練習中に頭を打ち、脳内出血で十二日間入院している。

顧問の教諭は、報告書では次のように助言したと記されている。

練習に参加しようとした少女の母親に対し「退院したばかりなので、部活動を休養したほうがいいのではないか」とアドバイスを行った。ところが、少女本人と母親の強い希望により「部活動を再開した」のだという。

この記載に、母親は驚いた。そんなアドバイスを受けた記憶は全くなかったからだ。むしろ、柔道部の顧問を正直、頼りないと思っていた。

娘が再び練習に参加することになると、母親は顧問に直接「激しい練習は避け、ストレッチや筋力トレーニングから始めてほしい」と頼んでいた。そして娘にも、「体の様子を見ながら休み休み練習しなさい」と言っておいた。

事実関係が、全く逆転してしまっている。

そして最も許せなかったのは、母親が電話で部員の母親に「話した」とする記録だった。報告書にはその文言を、次のように記録していた。

「今回の事故について柔道部、柔道部員の責任でもないし、学校の責任でもない。こんなに激しく頭をぶつけたことはない。柔道部員の保護者や先生方に心配をかけて申し訳ありません」

こんなことを言った記憶は全くなかった。

百歩譲って、どこかの誰かに誤解を招くような表現でしゃべったとしても、学校から事実かどうか確認を求められたことはなかった。

報告書の最後には、まるで駄目押しのように「医師の見解」が書かれていた。

「『だいぶ以前に』何度か、頭を打って脳挫傷になっていた。硬膜と脳の間に別な膜が厚くできていた。『最近のものではなく』だいぶ前に頭をぶつけた痕跡があり、過去何度か頭をぶつけたと思われる」

つまり、少女はずっと前から、何度も頭をぶつけたと勝手に指摘しているのだ。両親には、娘が中学校に入学する前から頭をぶつけていたと書かれているように思えた。もちろん、そんな事実関係も存在しない。

両親は怒りを必死に抑えながら、なんとか冷静さを保ち、問題点をスタッフに訴えた。

「他にも報告書には、顧問が部員に『練習を注意しながらやるように』と指導した、と何箇所か書かれてありました。でも、私たちが部員の子供たちなどから聞いた話では、そんな指導はなかったようなんです」

結局のところ、この事故報告書は両親にとって、学校側が「頭に爆弾を抱えた娘に、親が無理やり練習させたのが原因」と主張しているとしか思えない内容だった。

両親の話を聞きながら井ノ口は少し眉間《みけん》に皺《しわ》を寄せた。そして、内心でこう思った。

(姑息《こそく》な報告書だ。学校の責任が問われないよう、自分たちに都合のいい文言だけを組み合わせて、全体としては違う意味をもたせている……)

クールなディレクターが更に分析を進めようとすると、熱血漢のリポーターは顔を真っ赤にして怒りはじめた。

「ひどい！　許せないですよ！　責任逃れするための書類ですよ、これは！　許せないなあ」

確かにリポーターの井口が言うように、ひどい隠蔽だ。だが、ディレクターとしては、あくまでも事実を追わなければならない。井ノ口は両親に訊いた。

「少年の暴力についてなんですが、どういったものだったんですか？」

「校長にいくら聞いても娘がなぜ怪我をしたのか分からない。一方で暴力があったという噂が聞こえてくる。それで現場を目撃した柔道部員に声をかけて集まってもらい、話を聞くことにしたんです」

父親の説明によれば、事故からおよそ四か月が経過した二〇〇四年二月七日、市の中央公民館で、当時の柔道部員数名と保護者から事故の経緯を聞いたのだという。何としてでも真相を知りたいことから行った、必死の「独自調査」だった。


父親の主張をまとめると、次のようなものになる。

そもそも、第一中学校は、市内で成績上位の「名門校」として知られていた。校長は代々、次の教育長候補とも言われている。

柔道部は全国大会の常連。市長が表敬訪問をするなど一中の花形的存在、文武両道のシンボルだった。

ところが、少女の事故が起きる二年前、顧問だったベテランの教諭が異動になり、新しく別の教師が顧問になった。

柔道の経験はあったようだが、あまり部活動に熱心ではなかったようだ。日々の練習には不在が多く、時折顔を覗《のぞ》かせて指導を行う程度だったという。

柔道場の畳もぼろぼろで、それが原因で子供たちが捻挫をしたり、はさまった髪の毛がばっさり抜けてしまったりするなどの怪我が絶えなかった。保護者は顧問の教諭に幾度も改善を求めたが、一向に修復される気配はなかった。

そんな状況の中、顧問が柔道部の部長（キャプテン）として指名したのが、後に少女に暴力を振るったと噂される、当時二年生の男子部員だった。

この男子部員は小学生のころから地域の柔道教室に通っていた。中学に入ると全国大会にも出場するなど、選手としての成績は極めて優れていた。

しかし、少年を「いじめっ子」と評する子供たちもいた。道場ではよく、ほかの生徒にプロレス技をかけ、気に入らない生徒がいると「集中攻撃」と称し、一人だけに技をかけ続けたという。

「当初は主に顧問のいないところでやっていた」「次第にエスカレートし、顧問がいても構わないようになった」「そんな少年に対し顧問の教諭は軽く注意をするだけだった」

公民館に集まった柔道部員たちは、口々にいじめの実態を父親に証言した。

一方の少女は、四月に入部し、柔道を始めたのはこれが初めてだった。

通常一年生は、一学期の間に基本となる受身を身につけ、二学期から実際に柔道の技の練習に移行する決まりになってはいる。

だが少女はなかなか受身ができなかった。部長として部をまかされた少年の目に、少女はどのように映っていたのか。

事故当日、少年は練習中の乱取りで後輩に負け、足を痛めてしまった。痛めたところを氷で冷やしながら部員の練習を見ていた。

ある部員は、部長が「イラついていた」と証言した。

そして偶然に、少女も乱取りで足に怪我をして休憩をとっていた。母親から「退院したばかりだから、様子を見ながら練習に参加しなさい。そのことは顧問にも伝えてある」と言われていた少女からすれば、ごく自然なことだっただろう。

しかし、少年にとっては違ったようだ。

「なに、休んでるんだ！」

そう怒鳴ると「嫌です、嫌です」と言う少女の柔道着の襟をつかみ、壁に押し付けたという。

中学の道場は、教室を改造して作られた。壁のところどころには校舎を支えるコンクリートの四角い柱がむき出しになっている。

ゴンッ、ゴンッ……。

壁に押し付けられた少女の頭は、何度もむきだしになっているコンクリートの柱にぶつかり鈍い音を立てていた。

さらに少年は少女を道場の真ん中に引きずっていき、柔道技ともプロレス技ともつかない投げ方で、何度も頭から落ちるように投げつけた――。

父親は悔しさをかみ殺すかのように語った。

「娘はその少年に目をつけられていたんです。部員は『いじめのレベルは超えていて、まさにリンチだった』と教えてくれました。泣きじゃくっていた娘は何度も投げられ、頭をたたきつけられたというんです。他の部員も『殺されるかもしれない』と思ったそうです」

少年はそのあとパイプいすに座り、その傍《かたわ》らに少女を正座させた。そしてさぼっていたことを問い詰め「反省文を書け」と命令したという。

柔道部の実質的な責任者でもあり、体も大きく、一番力が強い男子部員からの無理難題。少女に反論できるわけがなかった。ただ泣きながらうつむいたまま黙っていた。

「そんなに足が痛いなら救急車でも呼ぶぞ！」

部長は大声を出し、少女を引きずって、道場の外に連れ出そうとした。その途中で、少女の全身から力が抜けた。

少女の体はダラリとだらしなくぶら下がり白目をむいてしまった。

「うーん、うーん」

唸るような声を出し、そのまま意識を失い、呼吸困難となり失禁した。


父親の話に聞き入っている、リポーターの井口。その目には涙がうっすら浮かんでいる。何の抵抗もできず、一方的に暴力を振るわれ、意識を失った少女の姿を思い描いたのだろう。

一方、ディレクターの井ノ口は、両親から事故のあらましを聞き、あらためて少女の現在の状態を確認しなければならないと口を開いた。

「お嬢さんと会えますか？　失礼だとは思うのですが、撮影もお願いしたいのですが……」

「分かりました」

母親は立ち上がると、取材スタッフを家の奥のほうに案内する。

井ノ口はカメラマンに、案内してくれるお母さんの後ろ姿も撮影するように指示し、後についていく。

台所、そして居間を抜ける。ソファーの横には飼い犬が静かにうずくまっていた。

廊下の奥には、少女が病院に行くときのためのものなのか、かなり大きな車いすがある。どうやらベッドの代わりにもなるようだ。

その横を通り過ぎると、ようやく少女の部屋がある。

奇跡的なことに、ほんの少しずつではあるが少女の容態は安定し、事故から二年三か月後の二〇〇六年一月に、自宅での療養に移ることができた。

母親はそのためパート勤務をやめて、介護ヘルパー二級の資格を取り、二十四時間体制で身の回りの世話をしている。

娘のために増設された十畳ほどのフローリングの部屋は、南向きに大きなガラス戸が取り付けられていて、大変明るく暖かい。

清潔に片付けられた室内には、ゆっくりとしたテンポのオルゴールの音色がながれている。

中央に置かれた、大きな介護ベッドの上に、少女は白いパジャマを着て横たわっていた。

「今日はたくさんお客様がいらっしゃったわ」

母親が娘に呼びかける。

(でかい女の子だな……)

初めて対面した井ノ口は、その体の大きさに少々とまどった。

事故当時、百七十七センチあった背丈が、今は百八十二センチになった、と後で聞いた。意識不明のまま二年の歳月が流れたものの、少女は確実に成長しており、その証を精一杯に表現していた。

「ちょっと、この部屋の雑観、撮ってくれる」

井ノ口は、とりあえずカメラマンにそう言ってから少女の観察をする。驚いていても仕方がない。

色白で丸顔、少女の頬はリンゴのように真っ赤だった。

硬く握り締められている手はふっくら肉づきがいい。怪我をした頭部はタオルで覆われ、傷跡がどうなっているのかは分からない。

目は閉じているが時折、瞬《まばた》きをしているかのようにまぶたを微妙に動かす。ただ口は半開きの状態で時折、のどが詰まるのだろうか、咳き込むことがある。

微妙に少女が手を動かした。

「娘は喋れませんが、こうやって瞬きをするときは起きているんです。周りの声や音は聞こえているんです」

そう言いながら母親は娘の手を取り、指を伸ばすかのようにマッサージをする。

少女の手は母親の介護が行き届いているのか、固まらずにすんなりと伸びていった。長い間寝たきりなのに床ずれ一つないという。

「普段は娘に話しかけたりしているんですよ。今日は天気がどうだとか、今日は誰が遊びに来て楽しかったねとか、そうすると瞬きしたり、ほんの少しだけですけど体を動かして答えてくれるんです。目を開けることもなく、話をすることもできませんが、ちゃんと分かっているんです」

明るく、やさしい笑顔を浮かべながら語る母親に、井ノ口はお願いをした。

「いつもどおり、お嬢さんに声をかけてもらえませんか？」

「えっ、いま話しかけるんですか？」

母親は少し照れた表情をうかべ、ちょっとためらった後に少女に話しかけた。

「さあ、笑って、笑って……」

意識不明の少女と、その介護を必死に続けている母親の姿。父親は少し離れた場所から少しさびしそうに見つめている。

「お父さんの表情を……」

母娘の様子の撮影に集中しているカメラマンの耳元に、井ノ口はそうささやいた。

（父親が必死に悲しみをこらえている……）

本来なら、つらい場面に心が沈むのが人間の持つべき感情だろうとは思いつつ、井ノ口は確かな手ごたえを感じていた。


およそ三十分かけて室内の様子を撮影した。

次は、少女のベッドをバックに、あらためて少年の暴力と、学校が行ってきたという隠蔽工作についてインタビューを収録することにした。

「学校が、事故の真相究明をしないのは、責任逃れとしか考えられない」

父親は学校の事故後の対応に憤りを隠さない。そもそも報告書からして、何もかもがでたらめなのだ。原因把握の段階で隠蔽が始まっている。母親も同じ意見だった。

事故の経緯、そして隠蔽工作、両親の怒り、意識不明の少女の姿……。子供たちを教育している現場の人間がこれでいいのか……。テレビで取り上げるには充分な内容だった。記事を見た当初、あまりに高額な賠償請求額に対して抱いた違和感も、介護のために必要な機材の維持費や人件費を考えれば当然の金額だと思えたたし、それどころか、むしろ足りないのではないかと心配するほどだった。

(あとは、学校側のコメントがあれば放送できる……)

井ノ口がそう考えていたとき、母親が突然、話をはじめた。

「あの……、娘のことを可哀想な少女というような紹介はしてほしくないんですけれど、お願いできますか?」

(な、なに?)

ディレクターはとっさには、その意味をのみこめなかった。

「娘は意識不明で、目を開くことはありません。でも声をかければ反応するし、きっと周りで起きていることを理解できているんだと思うんです」

母親は、井ノ口をまっすぐ見つめながら説明を始めた。

「今日だって『勝手にテレビの人を部屋に入れて』って怒ってるかもしれません。娘が目を覚ましたら『お母さん、私に無断でテレビの人に顔を撮影させたでしょう』って叱られるかもしれないんです。私と娘は、今は話すことができません。だから娘が何を考えているのかは分からないところがたくさんあります。でも、この状態の娘と、これから前向きに、明るく生きていこうと心に決めて努力しています。可哀想な母娘としてみてほしくないんです」

線が細く、二十四時間少女から目を離さず介護を続けているためなのか、母親にはほんのすこしだけやつれが見える。

母親の固い決心。自分の気持ちをなんとかして取材クルーに伝えようとしている。瞳の奥に強い光を宿している。

「事故直後、娘が危篤状態で、私は声も出なくなるくらい、辛《つら》くて悲しい思いをしました。でももう娘の前では泣かないと決めたんです。娘の前ではいつも笑顔でいるって決めたんです」

「分かりました」

井ノ口は予想もしていなかった母親の突然の言葉と、その強さに、心に温かいものがじわじわとしみてくるのを感じた。


少女の家をあとにした井ノ口は、車の中でつい先ほどまでの両親の姿を思い返していた。

「可哀想な母娘として描かないでください」

母親の印象は鮮烈だった。父親も朴訥《ぼくとつ》ながら、聡明で信念を持っていて、何よりも優しそうな人柄がにじみ出ていた。

記者会見の映像で得た印象が、ゆるぎないものになった。

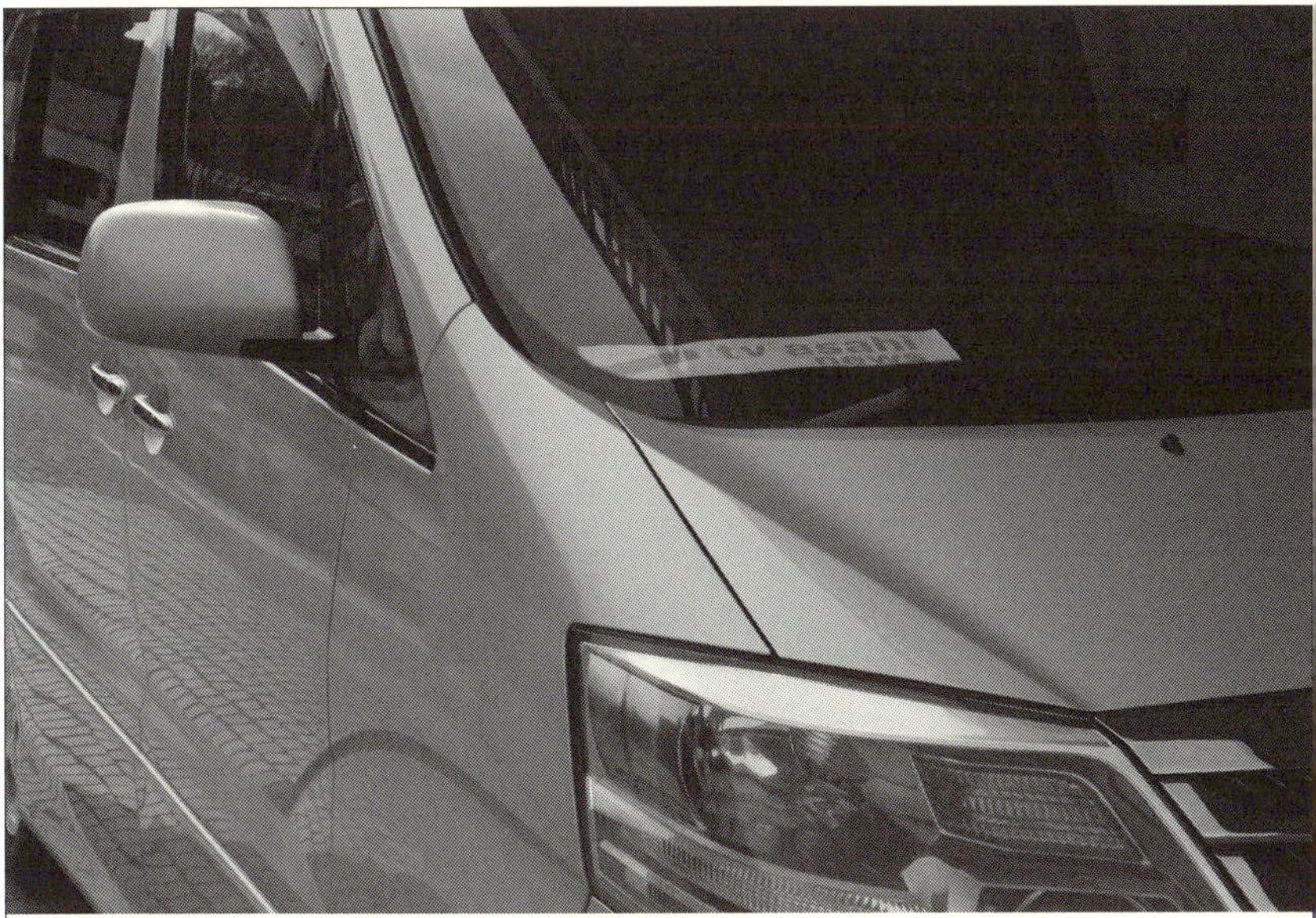

第三章 取材拒否

両親の取材は終わった。

次にやらなければならないのは、その主張の裏づけ証言を集めることだった。

「裏づけ取材」――テレビの世界では「ウラ取り」と呼ぶこともあるが、それがなければ学校や教育委員会に対し、事実関係を問いただすことができない。

「井口さん、当時の柔道部員の自宅を回ってピンポン取材しますか」

「ピンポン取材」とは文字通り住宅を、一軒、一軒回って、インターフォンを「ピンポーン」と鳴らし、玄関越しに話を聞いて回る取材だ。

ディレクターの井ノ口はドライバーに指示を出して、把握している部員の家に向かった。到着すると、リポーターの井口が呼び鈴を押す。

ピンポーン。

「あっ、テレビ朝日の井口と申しますが、柔道部で起きた事故について話を聞きたいんですけど、同級生ですよね？」

「いやあ、もう覚えてないし、あんまり話したくないんですよね」

次の家では……。

「テレビ朝日ですが、事故のことを調べているんですけど、息子さんはいらっしゃいますか？」

「もう、その話は一応落ち着いたんじゃないですか？　息子にとってもいい思い出ではないので話をさせたくないんですよ」

ハンドマイクを片手に、井口は次々に住宅の呼び鈴を押していくものの、なかなか応じてくれる家がない。

辺りは次第に暗くなってくる。九月とはいえ福島県の須賀川市では日没後、薄着のままでは肌寒い。

「井口さん、あと一軒、同級生の家を回りますか」

「そうですねえ……」

ディレクターが選んだのは「事故当日に男子部員の暴力があった」と、少女の父親に話をしてくれた同級生の自宅だった。

「すいませーん、東京のテレビ朝日なんですけれども、柔道部で起きた事故についてお話を聞きたいんですが」

「ああ、うちの息子は今いないんですよ」

「何時くらいにお帰りになりますか？」

「さあ、何時になるか分からないけど遅いと思いますよ。それに息子は話をしないんじゃないかな」

（この家でも取材拒否か……）

井ノ口は絶望的になってきたが、リポーターは食い下がる。

「事故のとき、息子さんは何があったか見ているんですよね？　お父さんにはどのように話をしたんですか？　お父さんも息子さんから聞いてますよね？」

「ええ、まあ、暴力みたいなのがあったような話はね……」

「その話、詳しく教えてもらえませんか？」

「いやいや、あまり話したくないんだよね」

「そこをなんとか！」

取材では「また聞き」は極力避けなければならない。

Aさんが「Bさんはこう言っていた」と証言したとしても、Bさんが本当にそんなことを発言したのかどうかは分からないからだ。

しかし、ここまで取材拒否を続けられると、たとえまた聞きとは分かっていても、なんとか保護者から話を聞きだしたい。リポーターの井口は「お願いします」を繰り返した。

「少女は今もまだ意識不明で、両親は事故の原因がはっきりせず、苦しんでるんですよ。教えていただけませんか！」

井口の勢いに圧倒され、相手が少々ひるむのがディレクターの井ノ口にも分かる。

「まあ、少女の両親から、テレビ局に話をしてあげてくださいと直接、頼まれれば話はしますけどねえ……」

（よしっ、突破口だ！）

井ノ口は素早く反応した。少女の両親なら必ず協力してくれるはずだ。

ディレクターは二人の会話に割り込んだ。

「本当ですか？　じゃあ今、携帯電話で両親にお話ししていただけるよう伝えますので、途中で電話を代わってもらえますか？」

　ところが突然、相手の顔に困惑の色が浮かびあがった。

「いやいや、今、お願いされても困るよ。そういうことじゃなくてさ」

「えっ？　両親からお願いがあれば話をしていただけるって言ったじゃないですか」

「いや、そういうことじゃなくて、ねえ……」

　どうやら少女の両親がテレビ局の取材に協力するとは考えていなかったようなのだ。

　所詮、地元メディアではないのだから、無理難題を言えばあきらめて帰るとでも思っていたのかもしれない。

　その場に気まずい空気が流れる。

　相手の男性も後の対処をどうしたらいいか困っているようだ。

「分かりました。井口さん帰りましょう」

　だが、相手の対応にどうにも納得のいかないリポーターは、その場を離れ、車に戻る間もブツブツなにやら不満を口にしていた。

　ディレクターの井ノ口は、怒りを感じるより、裏づけ証言が取れないことに焦っていた。

　辺りはすっかり暗闇に包まれた。まだまだ回りきれていない元柔道部員が何人も残っている。

（テレピックしかないか……）

　取材方法を切り替えることにした。

　通常、こうした証言集めの取材の場合は、直接相手を訪問し、顔を突き合わせて話を聞くほうが、撮影に関しても説得しやすく、同意が得られる可能性が高い。

更には、面と向かって話を聞いているぶん、でまかせを言いにくいのか、証言の信憑性《しんぴょうせい》が高くなることが多い。

だが、こうした地道な手法は時間もかかるし、断られることも多い。

そこでテレビの事件取材でよく行われるのが電話を使ったインタビューだ。取材相手の了承を得て、電話での会話を放送する。その通称が「テレピック」だ。

生放送中の電話を別にすれば、録音した会話が的外れであった場合などは、当然放送を見合わせる。

ディレクターの井ノ口は、スタッフに電話取材の準備をするように告げた。

取材車は七人乗りのワンボックスカーだ。幹線道路から離れた静かな場所で、携帯電話の電波の通りのよい場所を探す。

「そこの公園の脇でいいんじゃない?」

場所が決まると、カメラマンが助手席に移動し、運転手の後ろにリポーターの井口が座る。

携帯電話にガムテープでピンマイクという小型のマイクを取り付けて音声チェック。そして「バッテラ」――つまりバッテリーライトを点灯して準備完了である。あとは相手次第……。

「じゃあ、井口さん、すいませんがお願いします」

プップップップッ、トゥルルルルートゥルルルルー……。

「はい」

女性の声だ。音声はカメラにつけたイヤホンで井ノ口にも聞こえている。

「テレビ朝日なんですけど、一中の柔道部で起きた事故について調べているんです」

「ああ、何年か前にあった?」

「はい、電話で失礼だとは思ったんですけれども、お話を聞かせてもらいたいのですが」

「子供から聞いたことがあるけど、なんか部長だった子に投げられたって」

「その話でいいんです!」

リポーターの井口は飛びつく。「お子さんに、話を聞かせてもらうわけにはいきませんか?」

「それは困ります。もう息子も忘れたいみたいだし」

「じゃあ、お母さんが聞いている話でかまいませんので、教えてもらえませんか?」

「お話ししたいんだけど、できないんです」

「事故から三年近く経っても、いまだに学校が原因を明らかにしないので、少女のご両親が苦しんでいるんですよ。少女も意識不明で寝たきりなんです。このままでいいんですか?」

「そう言われてもお話しできないんですよ。すみません。失礼します」

ガチャン!

電話は切れた。

「なんだ、お話ししたいんだけどって言うから、答えてくれると思ったのに、取材に応じる気は全然ないじゃないですか」

リポーターの井口はかんかんに怒っている。

「まあまあ、話せない理由があるんじゃないですかね。小さい街の中のことだし。気を取り直して次にいきましょうよ」

ディレクターの井ノ口は、なんとか井口をなだめて、次の家に電話してもらう。応対したのはまたしても女性の声。こちらの名前と取材の目的を告げる。

「あっ、その子が怪我をしたことは、うちの子も話をしていました。主人が詳しく聞いていたみたいなので今、代わりますね」

これまでで一番いい反応だ、今回はいけるかもしれない。取材クルー全員が「ご主人」の登場を、固唾をのんで待つ。

「もしもし、電話代わりました。テレビ朝日さんですか？」

「はい、是非とも事故の件で何があったのか聞きたいんです。息子さんはその日、現場にいたんですよね？　ご主人も息子さんから聞いていると伺ったんですが」

「はい、確かに聞いています」

「いったい当日何があったんですか？」

「いやー、その女の子もかわいそうだよねえ」

「で、どんな暴力があったんですか？」

「うーん、学校がなかなか真相を明らかにしないのはひどいよねえ」

（そろそろ本題に入れ！）

井ノ口は思わず心の中で「ツッコミ」を入れてしまった。取材に協力する、しないは個人の絶対的な自由とはいえ、やはり時間が迫るとディレクターは殺気立ってくる。いや、車の中のスタッフ全員が苛立《いらだ》っている。

「だから、真相を究明するためにも、是非お話を伺いたいんです！」

「少女のご家族の助けになるなら、お話ししますけどねえ」

「じゃあ、是非話してください！」

「いやあー」

（またか……）

井ノ口は諦《あきら》めた。井口も同じ気持ちだろうと思った。だが、リポーターは説得を続ける。

「ご主人がお話ししてくれれば、学校も態度を変えるかもしれないんです。お願いします。お話を聞かせてください！」

しかし、この同級生の父親が説得に応じることはなかった。なんだかんだと言葉を濁しては答えるのを避けようとする。

「いやあ、色々あるんですよ、小さい街ですから」

（この父親、答える気はない）

井ノ口は判断した。狭い車の中で必死に語りかけている井口に、ダメダメと手を振り、電話を切るよう合図を送った。

「分かりました。どうも夜遅くにお騒がせして大変失礼しました。ご協力ありがとうございました」

井口が丁重に礼を述べた。取材交渉を断念し、電話を終わらせようとしているのだろう、と井ノ口は思った。

ところが電話を切る寸前に、受話器を口元から放しながらリポーターは、よっぽど腹に据えかねたのか一言、付け加えた。

「情けない男だな……」

「ちょっと、今なんて言いました？」

電話の向こうの声が少し怯《おび》えをこめながらも、聞き捨てならぬというような口調になった。

「いえ、お騒がせして申し訳ありませんと言ったんですよ」

いけしゃあしゃあと詫《わ》びる井口。その返事に、相手も自らの心に後ろめたさがあるためか、しぶしぶ矛《ほこ》を収めた。

「そうですか」

「それでは失礼します」

電話を切った井口は、いたずらっ子のように舌を出して見せた。井ノ口もつられて笑った。

「なんだかんだ格好つけようとして色々言うけど、結局、話をする勇気なんて持ってないじゃないですか。なんで、この街の人間は、みんなそうなんだろう……」

こんな人間ばかりの須賀川市には住みたくない、とリポーターの井口は本気で怒る。

（まあ、そういう人もいるだろうけど、そんな人ばかりじゃないはずだ……）

ディレクターの井ノ口は疑問に感じたが、とりあえずは黙っておいた。

結局この日、現場に居合わせたであろう柔道部員すべての家に取材をかけたが、得られた証言は「少年による暴力で少女が怪我をした」というだけで、具体性のないものばかりだった。業界用語では、取材結果を「撮れ高」と呼ぶ。今日の撮れ高は極めて悪い。

時刻は午後十時近くをさしている。

「そろそろ帰りますか」

（東京までは三時間、到着は日付が変わる午前一時か。ドライバーさんには悪いけどその間、睡眠をとらせてもらうとするか……）

井ノ口は車に乗るといつも、その日の取材の光景が脳裏に蘇《よみがえ》ってくる。長年この仕事をしているうちに身についた癖のようなもので、取材の帰りに眠ることはほとんどできない。車の中で構成を考え、テレビ局に戻るとすぐにＶＴＲの原稿を書く作業になだれこむ。

だが、今回の取材は、まだ放送まで三日もあり、気持ちに余裕があった。次第に眠気が襲ってくる。

そんな中、ずっと考えていたのは、少女の同級生やその保護者たちの対応についてだった。

（なぜ、表面上は正義感に燃えているようなことを口にしておいて、あとでそれを翻すのか……）

トラブルや揉《も》め事に巻き込まれたくない気持ちは充分理解できる。しかしそれなら最初からそう言えばいい。こちらも嫌がる人から話を聞くつもりはないし、そんな権利ももちあわせていないのだ。

（いや、きっと話したいとは思っているんだ。それが何かの理由でできないんだ）

いったいどうすれば、保護者たちの心に入りこむことができるのか、井ノ口はずっと考え続けていた。

第四章　オンエア

翌日、テレビ朝日本社のスタッフルームに、ディレクターの井ノ口が顔を出したのは、午後二時過ぎのことだった。

日曜ということもあり、室内は閑散としている。

火曜日担当のチーフディレクター小川覚司が、井ノ口の席に近づいてきた。

小川は一九七三年、大阪府生まれで、神戸大学を卒業後、テレビ朝日に入社した。一時は総務部なども経験したが、テレビマンとしての経歴はほとんどスーパーモーニングで培ったものだ。根っからの番組育ちだ。

「井ノ口さん、どうです？　ロケの撮れ高は？」

「うん？　まあまあだな、女の子の顔は、昔の写真だけど、放送の了承が得られたし、両親の話しぶりもいい感じだったよ」

「奥さんは、どんなタイプですか？」

小川は淡々と確認してくる。やはりどうしても、こういう質問になってしまうのだ。

火曜の放送に関しては責任者の一人である小川は、スタッフの中でも、とりわけ高い視聴率を取ることに執着する男だ。

「顔だしはNGだから……」

「数字、期待できますか?」

「まあ、落とすことはないと思うよ」

小川は喋ると、口調こそ標準語だが、イントネーションが関西弁になる。

井ノ口は、別に関西人を馬鹿にするつもりはないのだが、小川と向かい合って会話を交わしていると、商売人と話しているような感覚に陥ってしまう。

局内には、いたるところに番組の視聴率が張り出されている。スーパーモーニングのスタッフルームもその例外ではない。

目標視聴率を達成した日付と、その数字が印刷されたビラが、柱や壁に貼り付けられている。日々の放送ごとにはじき出されてくる数字。その結果にテレビ局で働く人間は、一喜一憂しているというのが現状だ。

もちろん井ノ口も例外ではない。視聴率は放送翌日、折れ線グラフの形で目にすることになる。一分ごとに変化する数字の流れ。テレビディレクターとして、自分の能力を如実に見せられているように感じる。

「ただ、両親の涙はないよ」

小川の顔がほんの少し曇った。


井ノ口は、タバコが吸いたくなった。

喫煙スペースに行くと、少し顔色の悪いデスクの青江が座っていた。きっと二日酔いだろうと井ノ口は思い「なんだ、昨日も飲んだのか?」と声をかけた。

「ええ、気がついたらビールをピッチャーから飲んでました……」

青江の表情には、全くしまりがない。

「昨日のロケ、まあうまくいったよ。ただ事故の目撃者がなかなか取材に応じてくれないんだよ。どうしてなんだろうねえ」

「うーん、東北だからじゃないですかね」

井ノ口は、青江のあまりにもいい加減な返事に呆《あき》れたが、黙っていることにした。「まあ、ある程度のウラは取れたから、明日、また須賀川に行って立ちレポでも撮ってくるわ」

「お願いします。撮影クルーは発注しときますんで」

井ノ口はロケの段取りを考えた。中学校に対する取材は既に断られている。

(明日は井口さんのリポート撮りだけやって、早めに引き上げてくるか。戻って編集しなくちゃならないからな)

放送は二日後に迫っていた。井ノ口はこの日、両親のインタビューのキャプション取り、つまり書き起こしをして、夜遅く自宅へ帰った。


九月十一日、再びロケに向かう。

最初に向かったのは、少女が運び込まれた郡山市にある総合病院だった。広大な敷地の中に建つ白い外壁のこの病院は、地域でも最大規模を誇っている。周辺にあるいくつもの駐車場は、診察に着た患者やその知人の車でごった返している。

その外観を撮影し、井口リポーターに事故当日の様子の立ちレポをお願いする。場面は緊急手術が終わった後の執刀医による病状説明が行われた時の様子だ。

「はい、カメラ回りました、いきまーす、五秒前、四、三、二……」

ディレクターの井ノ口が、リポーターの井口に指示を出す。一とゼロは、マイクに音声を拾われないように、無言で指を折る。そして手を差し出して合図をする。

絶妙のタイミングで、井口がリポートを開始する。

「いったい部活動で少女の身に何が起きたのでしょうか……」

病院をバックに、ハンドマイクを片手にリポートする井口。役者出身のためなのか、歩きに躍動感があり、声量が豊かだ。テレビカメラも近くに構えていることもあってか、通りがかりの人たちの注目が集まる。

「さて、次、行きますか」

車に乗り込み、須賀川第一中学校に向かう。

よく整備された国道を二十分ほど南下し、市内に入る。しばらくすると左手に中学校が見えてくる。

(ここが、事故現場か……)

周囲を一回りして、撮影ポイントをさがす。しかし、校舎二階にある柔道場がよく見える場所は見つからない。やむなく正門で撮影することにした。

鉄筋コンクリート三階建ての校舎。都内では考えられないほど広い校庭に、体育館なのか、大きなドーム型の建物がある。車を横付けして、外観を撮影するように指示をしたディレクターの井ノ口は、これから井口に頼むリポートの細かい文言を考えていた。

天気は快晴、まだ九月上旬とあって、日差しはかなり強い。

だが、さすが東北地方なだけに、時折吹いてくる風は、さわやかな秋を予感させる。校庭の端にある花壇の土の上では、アリたちが行列を作り、せっせと何かを運んでいる。

どれくらい経っただろうか。時間にして十分か十五分、リポーターの井口の姿が、見えなくなっていた。

（またいつものように、一人で中学校周辺の住民に事故の話でも聞きにいっているのか）

リポーターの突破力を熟知する井ノ口は、そんなことを考えた。カメラマンは撮影を続けている。

「井口さんは、どこに行ったのかな」

声をかけられた音声さんが、校舎の正面入り口を指差した。

「えっ？　中に入っちゃったのか！」

改めて中学校への取材を交渉するつもりなのか、井口は一人で校舎内に入ってしまったようだ。

しかも、ヘッドホンをつけたままの音声さんが、しきりに校舎のほうを指差し、口をパクパクさせ、何かを必死に伝えようとしている。

「ん？　どうした？」

「井口さんが呼んでいます。ちょっと来てくださいって」

なにやら学校関係者と話をしているようだという。リポーターはハンドマイクを持ったまま校舎の中に入ったため、マイクを通じて音声さんにやり取りが聞こえてきたらしいのだ。

（もめてると面倒だな……）

ディレクターの井ノ口は、校舎の入り口へ向かった。

正面玄関には、生徒たちの下駄箱が並んでいる。中に入ると鉄筋コンクリート建てのためか、少しひんやりする。

靴を脱いでいると、奥の廊下でリポーターの井口が姿を現し、しきりに手招きする。「こっちです。井ノ口さんこっちに来てください」

井口がいたのは、応接セットが備えられた校長室だった。

「いやあ、職員室に行って取材のお願いをしようと思ってたんですけど、校長室のドアが開いてましてね。失礼だとは思ったんですが、覗いたら校長先生がいらっしゃったんですよ。それでお話を伺いたいとお願いしちゃいました」

リポーターの横には校長らしき人物が、憮然《ぶぜん》とした表情で座っている。

（ちょっと強引だけど、さすが井口さん、ファインプレーだ……）

井ノ口は感謝した。

「テレビ朝日でディレクターをやっています井ノ口と申します」

とりあえず名刺を渡す。幸運にも取材が始まった。

「すいません、突然。お話伺えると聞いて大変助かります。やっぱり事故に関しては当事者両方のご意見を伺えないと、そこで起こったことの本来の姿を見失う可能性があるので、今日はよろしくお願いします」

金縁の眼鏡をかけ、広い額の上に、丁寧にとかした黒々とした髪が横になでつけてある。校長の年齢は六十歳くらいだろうか。突然現れたマスコミの人間に敵意があるのか、やや鋭い目つきの奥に冷たい光を感じる。

リポーターとディレクターの二人は、校長の向かい側のソファーにさっさと腰を下ろす。何事か、と職員室から、教頭が駆けつけてきた。背の高い、精悍《せいかん》な感じのする男性だ。抗議しようとするが、逆に校長からいさめられ、その隣に座った。

顔を撮影しないことを条件に、校長の音声だけを収録するインタビューが始まった。

リポーターの井口がさっそく質問をする。

「校長先生、我々は少女のご両親からお話を聞いてきました。ご両親の要望は事故の真相が知りたいという、その一点に尽きます。しかし学校は真相究明の努力をしないばかりか、隠蔽工作までしているとおっしゃっているんです。本当のところはどうなんですか」

校長はきっぱりと断言する。「私たちが知りえた事実は、嘘も、隠すこともなく、報告しています」

「学校が教育委員会に出した事故報告書なんですが、あの中で話してもいない内容が、お母さんの肉声として書かれているといいます。その辺りについてはどうなんですか？」

井口はまず、報告書に記載された母親の言葉「学校側と柔道部、柔道部員には責任はありません」という文言は事実無根なのではないかと問いただした。

「実際にある人が、少女のお母さんが、そう言ったと言っているので、記載しました」

実のところ取材クルーは、その言葉を学校側に伝えたのは、少女を投げ飛ばした少年の母親

――すなわち部長の母親――だと把握していた。

その情報を、リポーターの井口は、すかさず校長にぶつける。

「でも、それは暴力を振るったといわれている少年の母親が、そう話しているだけですよね？　その後、当の本人である少女のお母さんが、そんな話をしていないと抗議をしているのに、何でそのまま報告書には書いてあるんですか？」

「（部長の）お母さんは、少女のお母さんが『学校に責任はない』と言ったのを聞いた、と言っているんです。学校側としては、そういう話を聞いたのは事実なんですから、報告書の記載はそのままなんです」

「発言したと書かれた少女のお母さん本人が、話していないと言ってるのに、おかしいじゃないですか！」

リポーターのテンションが上がってくる。

「少年の母親からの伝聞ですけど、聞いたことは事実なんです。少女のお母さんが話していないとおっしゃってても、少年の母親が学校側にその話を話したこと自体は事実なんで、訂正はしません」

ディレクターの井ノ口は驚いた。

（また聞きの証言を、そのまま載せたことを認めた……）

自分たちの番組、いやマスコミ全体が、また聞きを厳しく考えているのに比べると、いい加減だと言わざるを得ない。

確かにテレビピック取材のとき、リポーターの井口は、また聞きと分かっていてもコメントを取ろうとした。だが、それはあまりにも取材拒否が続いたからだ。

しかも、その情報は使えなくとも、取材データとしてクルー内に蓄積することはできる。その内容を基に、別の機会にきちんとしたコメントが取れることは珍しくない。

たとえ放送するにしても、また聞きへの配慮はできる限り行い、一方の主張だけに加担したりはしない。何より、この校長へのインタビュー自体が、そうした報道のルールに則《のっと》っている。

しかし学校側は、ある程度は保護者からの協力を得ているにもかかわらず、また聞きの証言を、当の母親に確認せず、報告書に掲載したというのだ。これだけでも、かなり問題のある調査と非難されても仕方がない。校長の主張を、最も厳しいレベルで検証すれば、開き直りに等しいとも言える。


これまでに学校側は、報告書を二回作成していた。

最初のものは、事故の四日後に教育委員会に提出されている。井ノ口たち取材クルーが、両親の自宅で見せてもらった「生徒傷害事故発生報告」だ。

その内容に両親が抗議したことから、学校はおよそ五か月後に、報告書を作り直した。

ところが、二回目の報告書もまた、両親にとっては問題のあるものだった。

母親の言葉として「(娘は)小さいときはよくつまずいて転んだり、おっちょこちょいのところがある。何をやってもボーッとしていて、動きが遅く中途半端だったので迷惑をかけているのでは」との「証言」が新たに付け加わっていたのだ。

もちろん、母親は学校にそんなことは話していない。まるで、それが今回の事故の遠因だと言わんばかりの内容に、両親は再び絶句することになった。

リポーターの井口は、その点を衝《つ》いた。

「じゃあ、二回目の報告書、なんでまた少女の印象が悪くなるような、お母さんの言葉を書き足したんですか？」

これにも校長は「話として出てきたんだから記載しました」と説明する。思わず井口は声を荒げた。

「おかしいでしょ！　こんな少女の印象を悪くするようなことが書いてあれば、怪我は事故じゃなく、少女自身に問題があったようにとらえますよ。それが狙いなんじゃないですか？」

校長も大きい声になる。ほとんど怒鳴りあいだ。

「なーんで、そうやってとらえるかなあ。これだからマスコミの人間は信じられないんだ。最初からこっちが悪いって決めてるんだから」

「だってそうでしょ！　お母さん本人が話していないから削除してくださいといっても、加害者ともいわれている少年の母親から聞いたのは事実だからって、そのまま記載しているのはおかしいじゃないですか！」

「聞いたという事実は事実なんです。分からない人たちだなあ！」

校長は強い福島なまりで、時折、机を叩きながらの熱弁だ。

井口も負けてはいない。斜め下から突き刺すような視線を相手に向けて、これまた大きな声で続けざまに質問を投げかける。

「あらためて聞きますが、救急車はいつ呼んだんですか？」

井口は、母親の到着時間の問題を取り上げた。

一回目の報告書で、勝手に十五分遅い到着にされていたことから両親は抗議し、二回目の報告書では、母親が到着した五分後に救急車が呼ばれたと訂正されていた。

「救急車は早く来ましたよ！　お母さんが来る前に呼んでるはずですよ」

「でも、学校が出した二回目の報告書では、お母さんが来てから救急車を呼んだというふうに訂正されてますよね？」

「同時だと思います」

「校長先生の認識だと同時だと？　二回目の報告書は間違っているということですか？」

「同時だと思いますよ。報告書が出た後、向こうのご両親が裁判を起こすことになったでしょ。それで間違えてちゃいけないから確認しようということで、もう一度先生方に聞いてみたら同時に呼んだんだってということになったんですよ」

つまり校長は、報告書はどちらとも間違っていると主張しているわけだ。

追及すればするほど、ころころと言い分が変わる。

一個人の記憶なら、そういうこともあるだろう。だが、もはやそんなレベルではない。立派な地方公務員たちが、組織として作成した報告書なのだ。お役所の公文書なのだ。

校長のなりふり構わぬ反論に、井ノ口は心の中で「本気か？」と驚き、二の句が継げなかった。自分たちが作ったものを、その場で否定して、しかも堂々としているとしか思えない。

これには、それまで二人のやり取りをずっと聞いているだけだったディレクターも、黙っていられなくなった。

「じゃあ、裁判になるからとあらためて聞いてみたら、報告書と違って救急車は早く呼んでいたっておっしゃるんですすね？　両親の抗議を受け、慎重に数か月かけて調べて作った二回目の報告書が、間違いだというんですすね？」

「訴えられて色々聞いたら、そういうことになったんですよ」

「校長先生、ご自分で話していて、無理があるとは思いませんか？」

校長の主張は「子供の駄々っこ」のようだ、とディレクターの井ノ口は思った。

ディレクターからすると、校長は少なくとも二十歳ぐらいは年上だ。それなのに、思わず幼児に教え諭すような口調になってしまった。

「あらためて聞いたらそういうことだったんで、そういうことなんですよ」

それでも校長は譲らない。井ノ口は、もう我慢ができなかった。「失礼を承知で申し上げますが」と、かろうじて前置きしたが、後は一気に怒鳴ってしまった。

「あんた、子供たちを教育する教育者としての資格ないよ！　自分でもそう思いませんか！　おかしいでしょ！」

井ノ口は、事件ディレクターとして約十五年の経歴を持っている。だが、取材相手を怒鳴ったのは初めてのことだった。

このディレクターは、根はクールだとはいえ、普段はどちらかと言えば温厚な性格だ。おまけに人見知りで、初対面の人間とは、あまり喋ることができない。しかも、ベテランとして、感情を抑えて取材しなければならないことなどは、百も承知だ。

それでも、校長には、大声を上げずにはいられなかった。

井ノ口は、目の前にいる、この人物への不信感が募っていくのを感じていた。

校長といえば、学校の総責任者だ。それが、反論にもならない反論を重ね、開き直ったかと思えば、姑息な言い訳をする。

定年間近だとすれば、教育者として四十年間に近いキャリアを築いてきたはずだ。どんな先生だったのだろうか、という疑問が一瞬、頭をかすめた。

ディレクターの井ノ口が激高すると、逆に、リポーターの井口は冷静になる。だてに五年近く、ペアを組んでいるわけではない。

「それと肝心の少年の暴力についてなんですが、子供たちから証言があったと思うんですが？」

「少年がやったと言う生徒が、何人かいたことは事実です。でも、やってないと言う子もいるんですよ。当の本人はやってないと言っています。学校としては、どちらの言っていることが正しいのか、分からない」

両親の「独自調査」は、二〇〇四年の二月七日、市の中央公民館で行われた。

その動きを把握した中学校は、その二日後の二月九日と、更に十一日の二回にわたり、部員の聞き取り調査を実施している。

結果、四人の生徒が「少年の暴力があった」と証言した。

一方で「暴力はなかった」「見なかった」と話す生徒も複数いた——そんなことが、第二報告書の「添付資料」として記録されていた。

井口はたたみかける。

「でも、複数の生徒さんたちが、暴力はあったと言ってるんですよね。その辺りを、もっときっちりと調べることはできなかったんですか？」

「警察じゃないんだから、そこまではできないんですよ。保護者の方たちから、もう調べるのはやめてくれと言われるし」

校長は急に神妙になり、猫なで声になった。

「少女は意識不明になるほどの大怪我をしてるんですよ。ご両親が真相を知りたいのは、当たり前じゃないですか」

「学校としては、色々な話をする生徒がいるので、結論は出せないということです。実際に見ていないいんだから、はっきり（こんな事が起きました、とは）言えないいんです」

つまり学校側は、事故の真相はこれ以上、解明できないというのだ。では、学校に疑惑がかけられている、隠蔽工作についてはどうなのか。

「教頭先生が、暴力はあったと証言した生徒さんに対して、大声を上げて怒鳴り、口止めしたという話はどうなんですか？」

リポーターは、二回にわたって行われた聞き取り調査の後、教頭が二年生の生徒を脅したとの情報を入手していたのだ。

教頭が学校内で生徒に「何でそんな証言をするんだ」と詰めより、机を蹴《け》ったり、怒鳴ったりしたのだという。泣いている生徒が目撃され、保護者の間でも話が広まっていた。

「あれは事故直後、その生徒さんは暴力なんて話を一切していなかったんですよ。それで翌年の二月にあらためて話を聞いたら、暴力があったと証言したので、教頭は何でもっと早く言ってくれなかったんだって怒ったという話ですよ」

「私たちが聞いてる話とは違いますねえ。教頭はその生徒さんに『そんなこと言ったら（柔道部が）県大会に出場できなくなる』と恫喝《どうかつ》したと聞いているんですが」

「口止めなんてするわけがない」

校長の反論には、矛盾があった。

この聞き取り調査の報告書では、二年生の回答はいずれも「（暴力は）ない」か「見ていない」しか記されていないのだ。

つまり教頭が「何でももっと早く（暴力があったと）言ってくれなかったんだ」と怒るような相手は、報告書に存在しないことになる。

これは大きな矛盾であると同時に、場合によっては、二年生の証言を消し去ってしまった可能性すら出てきたことになる。

ディレクターの井ノ口は、校長証言が報告書と食い違っていることを聞き逃さず、更に取材しなければと思った。

（恫喝された少年の取材ができないだろうか。それなら校長の説明が嘘だと証明できるんだが……）

リポーターの井口もあえて突っ込まず、話題を変える。

校長が柔道部の保護者たちに、少女の怪我の原因について「頭に持病があった」と話したことについて確認を求めた。

「校長先生は、部の保護者会で、少女には持病があったと説明したそうですが、本当ですか？」

すると校長は突然声を張り上げ怒鳴りだした。「そんなこと言ってない、絶対に言ってない！」

「でも校長が、そう話したと何人もの保護者の方が言ってます」

「そんなこと言ったら、学校が責任逃れしていると思われるし、絶対言いませんよ、腹切ったって言ってない！　死んだって言いませんよ！」

（真っ赤な嘘だ）

井ノ口は確信した。そう判断できるだけの証拠を入手していた。

二〇〇六年一月のＰＴＡ総会で、保護者の一人が「校長の前の説明だと、少女には持病があったということだったが、両親に聞くと違うではないですか」と詰問する音声が録音されたテープを手に入れていたのだ。


校長とのインタビューは三時間以上に及んだ。

時に怒鳴り、机を叩き、急に優しい小声で、校長は質問に答え続けた。テープの件は訊いてみたが、あいまいな回答にはぐらかされてしまった。

ディレクターの井ノ口は校長の「学校を守りたい、立場を守りたい」といった、組織防衛への執念を垣間見た思いだったが、どう転んでも取材は大成功だった。

校長の回答にはいくつもの矛盾があり、信用するに値しないものだと分かったからだ。

必死に言い訳をする校長の姿を見て、井ノ口は怒りを通り越してしまい、一種の哀しみを感じてしまった。

（これから先、校長は今の自分に対して、どんな考えを持つことになるんだろうか？）

井ノ口は、それを取材したいとさえ思った。

校舎を出ると、カメラマンが少し上気した顔で二人を迎えてくれた。文句のない撮れ高だった。今日のロケは満点といってもいい。

しかし、井ノ口は焦《あせ》っていた。

今日のうちに東京に戻ってVTRを編集し、翌日の放送に間に合わせなければならない。校長のインタビューが撮れることは想定していなかった。VTRとスタジオの構成を一から考え直す必要があった。

「悪いんだけど、今日は編集で時間がないから晩飯はナシにして。急いで東京に帰りたいんだ」

井ノ口は帰りの車で、チーフディレクター小川にその日のロケの内容を報告、そして編集作業に向けてヘルプ（補助）ディレクターを一人つけてくれるよう頼んだ。

到底、一人で放送に間に合わせることはできない。

高速道路をひた走る車の中で、ディレクターは必死で「箱書き」と呼ばれる、簡単なVTRの構成を考え続けていた。


テレビ朝日本社に着いたのは、午後九時を回っていた。

「おつかれさまです」

相変わらずの関西弁イントネーション。チーフの小川だった。表情は明るい。

「両親怒りの激白と、渦中の校長直撃でいけますね？」

「掛け位置はどの辺り？」

井ノ口は小川にコーナーの放送開始予定時間を確認した。

「八時五十分ぐらいからです」

放送前日の午後九時、その時点での番組の進行表を渡される。

スーパーモーニングは当時、朝七時三十分から十時まで二時間半の放送だった。放映するニュースの数はおおよそ十本。柔道部事故の放送枠は二十五分間に設定されていた。ほかのニュースに比べると極めて長いのは、それだけ視聴率が取れるという期待の現れなのだ。

「デーブ・林つけますから」

電話で頼んでいた、ヘルプディレクターのことだ。

デーブ・林――もちろんあだ名だ。本名は林親紀。

三十代前半の林は、名門・開成高校から「落ちこぼれて」慶応大学に通い、テレビ朝日に入社。少々回りくどい話し方をして、八十キロ台の肥満体は見ているだけで暑っ苦しいが、頭の回転は速い。

井ノ口は「助かる！」と感謝しながら、さっそく林に指示を飛ばす。

「林！　悪いけれど、校長のインタビューが撮れちゃったからキャプション起こして！　三時間分あるけどさ！」

通常、撮影したインタビューの書き起こしは撮影時間の倍かかる。

すぐ始めても、でき上がるのは午前三時。それから原稿を書くのは、不可能に思えた。ＶＴＲが放送されるのは翌日の午前八時五十分から。あと十二時間をきっている。

「それとさ、ＶＴＲ二本に分けるわ。林、校長のインタビューブロック、協力よろしく！」

林からすると、たまったものではない。

デスクの青江から、取材の内容や構成は、ひと通り聞いてはいる。準備に全力は尽くしたつもりだ。だが、ディレクターとの打ち合わせはこれからだ。林にとっては、やはり時間が少なすぎる。

井ノ口は林にコピーした資料を渡し、焦りながら押さえるべき要点を説明する。ようやくヘルプディレクターが納得したところで、スタジオの打ち合わせに入る。

「いやあ、ひどい学校ですよ、まったく！」リポーターの井口が口火を切った。

「まあ、校長を始め学校側が隠蔽工作をしたことについては両親の主張通りだと思います」井ノ口も頷く。「ただ民事なんでね、両親の主張通りだと断定しちゃうと問題が起こるから、そこだけは気をつけないとね」

チーフ小川、デスク青江、ディレクター井ノ口、ヘルプディレクターの林、リポーター井口の五人で、顔を突き合せ、入念な打ち合わせを行う。

事故から現在に至る経緯、学校の行ったとみられる隠蔽工作、そして両親の思い……。

スタジオで見せるフリップの文字、一つひとつに検討を加える。裁判を控えた学校側は厳しい目で番組を見ることになる。ミスは許されない。

スタジオ打ち合わせは一時間近くかかり、やっと終わった。時計を見るともう十一時だ。リポーターの井口が、明日の放送に備えて一度帰宅する。

（はやく原稿を書かねば……）

井ノ口は焦った。

キー局のニュース番組などは、ロケに出るディレクターと、原稿執筆・編集を担当するディレクターが分かれていることが多い。分業すれば短時間で作業が終わる。中にはVTRの原稿だけを書く放送作家を確保している番組もあるほどだ。

しかしスーパーモーニングの場合は基本的に、ロケの仕込みから実際の撮影はもとより、編集と放送までを一人のディレクターが責任をもって行う。

それを、プロデューサーやデスクが随時、目を通しチェックする。

ディレクターの手間と労力は極限を極めるが、そのほうが企画の一貫性が保てるし、一つの作品を創った充実感がある。そして実力も伸びる。

とはいえ、これだけの中身をもつ取材結果を、井ノ口と林の二人で作業するとはいえ、残り十時間弱で完成させるのは並大抵のことではない。

林は、さっそくプレビュー機の横にある、パソコンの前に陣取った。パソコンのあまり好きではない井ノ口は喫煙スペースに行き、ちまちまシャーペンで原稿を書き始めた。意識がなく寝たきりの少女、両親の思い、そして校長……。

灰皿はあっという間に山盛りになった。

「やばいなー、間に合うか？」

原稿が上がり、チェックが済んだのは放送当日の午前四時を少し過ぎていた。井ノ口は撮影してきた素材テープを持ち、スタッフルームと同じフロアーにある編集室に駆け込んだ。

「ゴメン！　遅くなった！　V尺、十分間だからよろしく！」

通常は一分間のVTRを編集するのに一時間かかるといわれている。だが、それはゴールデンタイムの番組など、複雑な作業がともなう場合で、ニュース番組などでは一時間に二分くらいのペースとなる。

とはいえ、VTRは編集が終わっても、MAといって音楽やナレーションも加えなければならない。その作業に約一時間。つまり朝八時までには編集を終わらせなければならない。残り四時間もない。ギリギリだ。

「多少、画のつなぎが粗くてもいいから間に合わせて！」

井ノ口が叫ぶと、昔なじみの編集マン、ソース顔の若井田大がキツい返事をよこす。

「間に合いませんよ」

大丈夫だ、若井田の顔には余裕がある、と井ノ口は思った。その腕も一流で信頼している。

編集とは、わずか五秒程度のカットを、一つひとつ画を選びながら繋ぎ合わせていく作業だ。

実際の放送はあっという間に流れて終わるが、そこには想像できないほどの手間がかかっている。

映像に関してはあまり執着がない井ノ口は、画のつなぎを若井田にある程度任せ、インタビューの使いどころを指定。その合間に字幕スーパーの文字を発注していく。

「よし、あとワンカットで、シメのナレーションベースの画が埋まりますよ」

午前八時五分編集終了。

急いで音楽を入れてナレーション取り。既に番組は始まっている。ナレーターに原稿を渡すが、時間に追われて書きなぐった原稿の悲しさ。ところどころ、読めない字が点在している。

「よろしくお願いします！」

テストも行わず、最初から収録。別の小部屋に入っているナレーターにQボタンを押し、合図を出しながら読み進めてもらう。

トゥルルルー、トゥルルルー、と内線電話が鳴る。井ノ口は慌てて受話器を取る。「はい、六階編集室！」

「井ノ口さんのVの進み具合はどうですか？　出し時間まで、あと十分間ですけど」

生放送中の番組のスタジオ横にあるサブルームからだ。

「ギリギリだけど間に合わせる！　二、三分前には行けるよ！」

ナレーターのしゃべりを収録しながら、同時にミキサーさんが音量のバランスを調節していく。井ノ口は「職人芸だな」と、あらためて感心する。

同席したプロデューサーと、内容の最終チェック。

とりあえず問題なし。

「はい、上がった！」

巻き戻したテープを受け取り、編集室から駆け出す。

VTRを送出するサブルームは、二つ下の四階だ。エレベーターだと間に合わないかもしれない。井ノ口は非常階段を駆け下りた。四十歳の、ふだん運動していない体には辛い。

「はいよ！　須賀川の本編！　V尺、十分十五秒！」

オンエアのわずか二分前、須賀川一中部活事故のテープは、放送用の送出デッキにかけられた。

そして午前八時五十一分、企画コーナーの放送は始まった。

「部活中の事故で3年間意識戻らず……中学校の驚くべき行動に両親怒りの激白」

二〇〇六年九月十二日。スーパーモーニングの第一弾放送は、このタイトルで行われた。

「笑ってみて、笑ってみて……」

意識不明の少女を温かく介護する母親の姿からVTRは始まった。両親のインタビューを踏まえ、事故の経緯と、報告書の問題点、学校の隠蔽と、事実を次々に並べた。

VTRが終わるとスタジオで、井口があらためて事故経緯と隠蔽疑惑について、フリップなどを使い分かりやすく説明する。そしてこの日の放送では、ヘルプディレクターの林が編集した、校長インタビューの抜粋が流れた。

メインキャスターは、テレビ朝日アナウンサーの渡辺宜嗣と野村真季。

渡辺は、かつて「トゥナイト」など、夜の「お色気番組」などにも登場していたが、その実は「硬派ネタ」が大好きな男だ。社会問題に取り組む姿勢は鬼気迫るものさえある。

ましてや本人にも娘がいるということで、事故のVTRを見て、学校の対応の酷《ひど》さに大いに怒りを感じていた。

渡辺は落ち着いた、だが力強い口調で、カメラに向かって語りかける。

「学校は事故から三か月後にようやく事故を公表して、そのときに学校は、『自分たちには何も責任はありませんでした』って、そのことが言いたいがために、次から次へと最初の部分の大間違いを隠したくて、その後の行動に出たように、我々には見えてしまいますよ。これはもう一度、誰もが納得できる調査をして、情報公開するべきだと思います」

こうして一回目の放送は、時間に追われ、バタバタした作業になったものの、なんとか間に合わせることができた。

しかし、そのクオリティを、井ノ口は少々、不本意に感じていた。

（もう少し時間に余裕があればな……）

案の定、番組の反省会で、チーフプロデューサーの原一郎から手厳しい批判を受けた。

「この企画は、ザ・スクープスペシャルでやろうと思っていた位の、これ以上ない位の、そんな題材なのにVTRの完成度が低すぎる。期待していただけに、もったいないという思いだ」

原は人の目を見ないで話すことがあり、人によっては「引きこもりっぽい」とも評される。一九八〇年、早稲田の政経学部を卒業し、テレビ朝日に入社した。大学では首席だったとの情報もあるが、誰も確認はしていない。

いずれにせよ、番組制作においては抜群のセンスをもっている。その才能はスーパーモーニングが所属する報道局内でも他に並ぶものがいないほどだ。

そんな人物からの手厳しい指摘に井ノ口は意気消沈した。しかし——。

「反省して、だが引き続き、この企画はオンエアしてもらいたい。来週でも再《さ》来週にでも」

井ノ口が担当をはずされることはなかった。しかも、すぐにでも第二弾を放送してよいというのだ。ディレクターは少し元気になった。

「いやあ、よかったじゃないですか。VTRも迫力ありましたよ」

反省会が終わり、井ノ口に企画を振ったデスクの青江が、ニヤニヤしながら近づいてきた。

「2ちゃんねるも、すごい盛り上がってお祭りになってますよ」

「ふーん、2ちゃんねるねえ、でもVTRのできが、イマイチだったからなあ」

「まあまあ、原さんもすぐ次、放送していいって言ってたじゃないですか」

(いつも二日酔いで、赤ら顔の青江に慰められるとは……)

井ノ口は、妙に頭の中が醒めていた。

自分のデスクでロケの収録テープを片付けながら、ふと思った。

「2ちゃんねるか……」

井ノ口は何気なく、パソコンで「2ちゃんねる」を覗いてみた。

〝隠蔽校長を許すな……少女がかわいそう……学校関係者をつるし上げろ……これは事故ではなく殺人だ……〟

確かに番組の放送時間と呼応するかのように書き込みが殺到している。中には、

〝テロ朝GJ……よく取り上げてくれた……〟

スーパーモーニングが放送したことを賞賛する書き込みもあり、読んでいて褒められて嬉しいような、こそばゆいような気にもなった。しかし、あからさまに少女やその両親を批判する書き

込みも、依然として存在していた。

〝金銭目的の守銭奴……ブチャイク……柔道やらせた親が悪い……〟

（匿名とはいえ、よくもまあ、ここまで好き勝手、書き込めるものだ）

放送を見た視聴者が様々な感想を抱くのは自由であり、井ノ口は、それをどうこう言うつもりはなかった。とはいえ、ほんのわずかな情報で、勝手に自分の想像を交え、掲示板という誰もが目にすることができる場に書き込むことの影響を、ここにいる人たちは、少しは考えているのだろうか。

テレビ番組の制作者である井ノ口にとっては、放送を見た視聴者の歯に衣《きぬ》着せぬ意見として大変参考になるし、むしろありがたい。しかし事故の当事者にとっては、書き込まれた言葉一つで場合によれば傷つき、悲しみが増幅しているかもしれないのだ。

そんなことを考えながら井ノ口は、スタッフルームの椅子に座ったまま、まるで電池が切れたかのように眠りに落ちた。

第五章　校長直撃

二日後、井ノ口は出社するとまず、視聴率の折れ線グラフに目を通した。

須賀川のオンエアはVTRの前半で数字が上がったものの、その後はキープするのがやっとの状態で、可もなく不可もなく、といったところだった。

(もう少し、いい数字が取れると思っていたんだけどなあ……)

少々落胆していると、チーフディレクターの小川が声をかけてきた。いつもの関西弁イントネーションが、井ノ口の耳に届く。

「井ノ口さん、須賀川なんですが、来週、もう一回お願いします」

「あんまり数字よくなかったけど、いいの?」

「原さんが、やってくれっていうんですよ」

来週に二回目の放送ということは、あと五日しか時間がない。

番組のトップからの指示であれば、やらざるを得ないが、この短時間で何ができるんだろうか。井ノ口は、初回の放送で要素として足りなかったパーツを一つひとつ考えてみた。

VTRのつなぎが多少粗かったのは仕方がないとして、視聴率を考える上では、少女の両親のインタビューが落ち着きすぎていたか。事故そのものについてはどうだったのだろうか、両親の話を元にして、少年の暴力と学校の隠蔽工作疑惑について追及し、校長の反論も音声だけではあるが入れ込むことができた。あと足りないものは何だろう……。

自分の机でそんなことを考えていると、いつのまにかデスクの青江が隣にすわっていた。

「なあ青江、次は何狙いで行くか?」

「あんまり数字は気にしないでいいんじゃないですか」

青江はあっさり言った。

当時、スーパーモーニングは視聴率で苦戦していた。朝の八時から十時の時間帯、民放各局は横並びで情報番組を放送しており、テレビ朝日はその中で他局の後塵《こうじん》を拝していた。だからこそ、余計にスタッフは数字を気にしていた。局内における番組の立場も変わってくるからだ。

(それなのに『数字は気にするな』とは……)

正社員と外部スタッフの違いはあるかもしれない。番組がなくなっても正社員には仕事がある。だが、井ノ口の立場だと、それは「失業」の可能性を生む。

井ノ口は、ひょうひょうとした青江の態度に半ば呆れながらも、憎めないやつだと思った。

(そうか、数字は気にする必要はないか……)

ベテランディレクターの、無意識に緊張して力んでいた肩が、ふっと緩んだ。

そうと決まれば事故の真相を究明しよう。

原点に帰れば、大きなポイントは、やはり二つの事実解明につきる。

一つは、少年が暴力を振るったのかどうか。そしてもう一つは、学校による隠蔽工作が行われたかどうかだ。

言葉にすると当たり前すぎるが、これが取材というものだ。この二つの謎を解明するためには是非とも、当時の柔道部員や保護者から詳しい話を聞かなければならない。

果たしてできるだろうか。

放送日まで時間がない。映像がない分、説得力には欠けるが、効率を優先させるなら電話取材しかない。そう判断した。

事故が起きた日、部活動に参加したのは全員で十二人。少女と、加害者とされる少年を除けば、残りは十人となる。

内訳は、当時三年生の男子部員が一人。二年生が三人。そして少女と同じ一年生が六人。

井ノ口は、スタッフルームの中に常駐しているカメラマンに声をかける。

「悪いけど、今からテレピック録《と》らせて！　五分後、開始でいい？」

若いカメラマンはうなずくと準備を始めた。三脚を立て、電話にピンマイクを貼り付ける。

「井ノ口さん、ちょっと座ってもらっていいですか？」

カメラアングルをこまかく決めたいようだ。

「いいよ、気にしなくて。音だけしっかり録って」

ふーっと深呼吸を一つして、井ノ口は電話による部員と保護者への取材を始めた。

「テレビ朝日のスーパーモーニングという番組ですが、事故の件でお話を伺いたいのですが」

「いやあ、うちの娘はもう話したくないと言っているので、申し訳ないのですが……」

やはり口が重たい。ディレクターの目は、既に次の電話番号に移っている。

「……お客様のおかけになった電話番号は現在……」

事故から既に三年近くたっている。引っ越してしまったのか、電話がつながらない家もある。井ノ口はあきらめず、プッシュホンのボタンを押し続けた。

「あのー、柔道部で起きた事故について調べているんですけど、お話を伺えませんか？」

「かまいませんけど、息子はまだ帰ってきてないんですよ」

「あのう、お父さんですか？　お父さんは息子さんから話は聞いてないんですか？」

「だいたいのことは聞いてますよ、暴力があったっていう話でしょ？」

「そうです、そうです。電話で失礼だとは思いますが、このまま、お声を録音させてもらって、放送で使いたいのですが、いいですか？」

「本当のことを話すのだから、かまいませんよ」

「助かります！」

心がはやった。前回のロケでは不在だった生徒の家だ。井ノ口はそのまま電話で話を聞く。まずは少年の暴力についてだ。

「息子さんは、事故があった日は、練習に参加していたんですか？」

「はい、部活には行ってました」

「事故についてはどう言ってました？」

「柔道の練習ではなく、暴力行為的なものがあったと言ってました」

「具体的にはどんなことが？」

「細かいことは聞いてないんですが、プロレス技みたいなのをかけていたようです」

残念ながら、少年の暴力については、子供から詳しく話を聞いていないという。

それならば、学校による事故隠しともとれる行動については、どう考えているのだろうか。

井ノ口が質問すると、何とこの保護者は、校長が少女の怪我について持病があったのではないかと発言したとされる、一回目の柔道部の保護者会に出席していたという。

「学校側からは、保護者たちにも事故が起きてしまった謝罪というようなものはなく、少女の怪我の原因は、頭にあった持病だと説明していました。なんか、事故の原因をすり替えようという意図が見えましたね」

少女の両親が訴えているように、やはり校長による「少女の頭には持病があった」の発言は事実だったのだ。校長の「絶対に言っていない」との主張が、井ノ口の頭に蘇る。

「事故のことはあんまり保護者や他のクラスの子供たちに言うなと、息子は教師から指示されたそうです。二年生の一人は、暴力があったという話を教頭に話したら、なんでそんな話をするんだといって脅されたそうです」

教頭の恫喝についても証言が得られた。そしてこの保護者は、柔道部の管理体制についても疑問を持っていると話した。

「後で聞いたら、少女は九月にも同じ少年に投げられて脳内出血で入院したということですが、当時そんな話は全然出ませんでした。そんな説明も、注意も、一切なかったんですよ」

閉じていた扉が、少し開いた。

この証言を元にＶＴＲが作れる。ただ、少年の暴力に関しては、まだ現場にいた生徒たちから証言が取れていない。ここは学校の隠蔽工作に関して証言を集め、次の放送の柱にしよう。

井ノ口は話をしてくれた父親に礼を述べたあと、今度は立て続けに柔道部の保護者会に参加した人たちに連絡を取り始めた。

一回目の放送からちょうど一週間後、第二回の放送を行った。

タイトルは「告発リポート第2弾！　柔道部員の保護者告白！　校長発言の矛盾」

VTRの長さが十二分、スタジオが八分で、合計二十分の、やはり長いコーナーとなった。

メインテーマは、学校による隠蔽工作の有無。

保護者の取材音声を中心に展開し、校長の矛盾点を衝く構成をとった。さらに電話取材とは別に、現地に足を運び、保護者会の実情を、当時の出席者から聞いて回った内容をスタジオ展開した。

事故の六日後に開かれた一回目の保護者会。出席者二十二人のうち、連絡が取れたのは十五人。そのうち六人が校長の持病発言は「あった」と証言し、二人が否定。「覚えていない」が六人、そして「答えたくない」が一人だった。

この結果を、視聴者はどう受け止めてくれるだろうか。ディレクターの井ノ口は実際に話を聞いた感触から、持病発言はほぼ間違いないだろうと考えていた。リポーターの井口も同じ意見だった。

さらに放送では、「少年による暴力があった」と証言した生徒に、教頭が恫喝し、口止めをしたという保護者の証言も盛り込んだ。

反省会での評価もまずまずだった。前回手厳しい指摘をしたプロデューサーの原も優しかった。

「今回はずいぶん良くなってまとまっていた。引き続き、この企画を追いかけてもらいたい」

井ノ口は正直なところ「えっ？　まだやるのか？」と思った。

前回の視聴率が頭に浮かぶ。他のニュースに比べて際立って数字が良いとはいえないこの企画に、原は何故、それほど執着するのか。

現場を取材している井ノ口にしてみれば、確かに学校、というより校長に対して、その隠蔽工作を白日の下にさらしたいという思いがあるのは事実だ。

意識不明のままの少女は、やっぱり可哀想だし、両親の苦しみも分かる。今のところ、学校や校長の責任を問う声が聞かれないのも納得がいかない。

視聴率最優先で番組を考えるプロデューサーが多い中、一応報道局の端くれのスーパーモーニングではまだ、ジャーナリズムが生きているのかもしれなかった。

井ノ口は、この番組に所属していることが少し、誇らしく思えた。


続いて井ノ口はパソコンで、2ちゃんねるを開いた。

相変わらず、少女や両親への誹謗中傷は満載だ。しかも二週連続で放送したためか、その過激さは増しているように見える。これが視聴者の生の声なのかと思う。

ところが、そんな中に、少女にあてて折り鶴を送ろうという呼びかけを見つけた。

「少女が元気になって目が覚めますように……」

井ノ口は驚いた。実際に少女の生の姿を目にし、両親と接している自分でさえ、そこまで真剣に少女の回復を願っていただろうかと自問自答した。

（2ちゃんねるの住民のほうが、よっぽど人間らしい心を持っているな……）

ディレクターは反省しながら、次の放送に向けての構想を練りはじめた。


第一弾と第二弾の放送から、およそ半月が経過した十月三日、民事訴訟の第一回口頭弁論が、福島地裁郡山支部で開かれた。

両親が須賀川市、福島県、そして加害者とされる少年らを相手取った裁判。被告となった市や県らはそろって請求棄却を主張した。

この日、井ノ口は痛恨のミスを犯した。

午前十時からの裁判は一般公開されており、マスコミや一般市民の関心の高さから傍聴希望者が多く、席の抽選が行われていた。

希望者は午前九時三十分までに裁判所を訪れ、抽選券を受け取り、当選すれば傍聴できる。郡山支部の場合、抽選待ちをする部屋が十二畳ほどの狭い部屋なので、足を運んだ人間の顔をすべて見ることができる。

当日はあいにくの火曜日だった。井ノ口は火曜を担当するディレクターなので、明け方まで放送のための作業を続け、午前六時三十分に東京のテレビ朝日を出た。

車で東京駅に向かい、そこから東北新幹線で郡山駅。さらにタクシーで裁判所に向かった。同行したのはカメラマンの山中剛。

本来こうした裁判の場合は、法廷に記者席が設けられており、テレビ局にも記者一人分の席が用意されている。だが、スーパーモーニングは記者クラブには所属していない。そのため一般の希望者と同じように抽選に参加する必要がある。

井ノ口たちは抽選券を受け取るため指定された部屋に入った。幸いそれほど人数は多くない。抽選の倍率は高くはないようだ。安心して長いすに座っていると、少女の両親が姿を現した。二人も井ノ口に気づき、軽く会釈を交わす。

ふと目を別の方向に向けると、井ノ口はぎょっとした。校長が座っていたのだ。

少女の両親や、その応援をする人が大半を占める中、校長はじっと座り続けている。中には校長をあからさまに指差す人もいる。いったいどのような心境なのだろうか。

（これはついてるな……）

校長に再び話を聞くことができるかもしれない。まあ、裁判が終わるまでは無関心のふりをして、校長が帰るときにマイクを向けるか……。井ノ口はカメラマンにそう伝え、一睡もしていない自分に気合を入れなおした。

裁判は瞬く間に終わった。

民事訴訟の場合、最初のうちは書類のやり取りが中心で、傍聴していても、どのような内容なのかよく分からないことが多い。

（後は、校長にインタビューをしなくては……）

井ノ口は、法廷から足早に出て行く校長の後ろをぴったり張り付いて追いかける。

カメラマンの山中は、既に裁判所の前にスタンバイしているはずだから必ずうまくいく。ディレクターは何も心配していなかった。ところが、校長は階段を一階まで下りると、正面出口ではなく建物横の別の出口へ向かった。

正面出口の外で待ち受けていた地元テレビ局のカメラマンたちはガラス越しに気づき、建物の横に移動した。

しかし、カメラマンの山中の姿は見えない。

井ノ口は、校長にぴったり張り付き、インタビューするにはベストのポジションを確保しているのに、肝心のカメラがない。

仕方なく井ノ口は、地元の若い記者に場所を譲り、カメラマンの山中と携帯で連絡を取ろうとしてみたが、ただ呼び出し音が流れるだけだ。

校長は、裁判所の横にある、公園沿いの道路を、記者たちに囲まれたまま歩いていく。井ノ口はぽつんと取り残されたまま、次第に小さくなっていく集団を眺めることしかできなかった。

あきらめて裁判所の正面出口に向かうと、そこには何も知らない山中カメラマンが一生懸命に裁判所の外観を撮影していた。裁判がそんなに早く終わるとは考えもしなかったという。仕方がない。井ノ口は大きなため息をついた。


校長を撮り逃がしたのは痛恨のミスだった。だが、逆にそれが井ノ口を燃えさせた。

会社に戻ると、保護者に電話を入れ、生徒に事故の様子を聞きたいと頼み込んだ。

須賀川市はそれほど大きな街ではない。一度テレビでインタビューが使われれば、たとえ音声に手を加えても、どこの誰が話をしたのかは、内容ですぐに分かってしまう。周辺からの風当たりも強くなることは容易に想像できた。しかし、ありがたいことに、その保護者は快く了承してくれた。

そうなると、リポーターの井口にも直接、証言を聞いてもらいたいと井ノ口は考えた。放送の際、画面で説明するのはリポーターの役目であり、証言者の生の声を聞いているのと、そうでないのとでは、伝える力に格段の差が出てくるからだ。リポーターは単なるお飾りではないのだ。


取材クルーは須賀川市に入った。

目指したのはファミリーレストラン。まずは腹ごしらえだ。

井ノ口の気分はよかった。なんといってもその日インタビューが取れる確信があったからだ。

カメラマンや音声さんを含め五人で食事を済ませ、コーヒーを飲んでいると、隣のテーブルに座っていた中年の女性がリポーターの井口に声をかけてきた。

「番組見てますよ。取材、頑張ってください」

サービス精神が旺盛な井口は、その女性と握手を交わしている。

決して、珍しい光景ではない。ディレクターの井ノ口も、事件取材でリポーターと一緒に撮影を行っていると、声をかけられたことはたびたびあった。

だが、立場が違えば、受け止め方も変わる。ディレクターにとっては、そのたびに撮影が中断されてしまう。正直なところ、場合によっては、うっとうしいと感じることもあった。

それなのに、今回のロケで声をかけてもらったことは、本当にうれしかった。これまでの取材で、協力してくれる人が、あまりにも少なかったからだ。

一人の少女が意識不明になっている。両親が悲しみにくれながら、真相解明に力を尽くしている。中学校が隠蔽工作を行った疑惑まで浮上しているのに、両親以外には誰もそのことを追及しようとしない。

所詮は他人事なのか、かかわり合いたくないのか。

さすがの井ノ口も、市民の人間性にいささか疑問を感じ始めていたのが、偽らざる本音だった。

ところが、再び須賀川市に取材に来ると「頑張ってください」と励まされたのだ。見知らぬその女性の一言で、心が温かくなった。

食事を終えた取材班は、元柔道部員の家に向かった。

「ごめんくださーい、テレビ朝日ですが」

いつものように、ハンドマイクを片手に玄関に向かう、リポーターの井口の後に、カメラマンと音声さん、そしてディレクターの井ノ口が続く。

「ごめんください！」

「あっ、はいはい」

玄関奥のうっすらと暗い廊下から、この家の主人らしき人物が姿を現した。

「あのう、電話でお話しさせていただいたテレビ朝日のスーパーモーニングで、リポーターをやっている井口と申します。今日は是非、直接お話が聞きたくてお邪魔しました。今日は、息子さんはいらっしゃいますか？」

「はい、おりますよ。息子も話をしたいと言っていますよ。ちょっとお待ちください」

やがて、いかにも柔道部員という感じの少年が父親の後ろから現れた。

「テレビ朝日の井口です。今日はよろしくお願いします」

生徒の顔に緊張の色が見える。

「まず、事故の当日なんだけど、どんな感じだった？」

「当日は、やっぱり部長が少女のことをいじめていました」

「どんなふうにやっていたの？」

「そのときは、自分もそこにいたんですけれど、プロレス技とか、柔道とはかけ離れた技をかけていました」

初めて聞く、事故現場に居合わせた部員の証言に、井ノ口たちスタッフの集中力が研ぎ澄まされていく。

「具体的には、どんな技をかけていたの？」

「少女の体を持ち上げて、そのままドーンって畳に投げつけるとか……」

「そのとき頭を強く打っていましたか？」

「はい、強く打っていました」

生徒の話によれば、部長だった少年による暴力は頻繁に行われていて、プロレス技をかけるなど、ふざけ半分で「イジメのようなことをしていた」と言う。

その日の部長について、生徒は「イラついていた」と証言した。「部長は、少女が練習をさぼっていると思いこみ、暴力を振るった」とも指摘した。

「（投げつけた）後は、柔道着の襟をつかんで、柱のところにおもいきりぶつけてました」

柱とは、柔道場にあるコンクリートの柱のことだ。

「(頭はコンクリートの柱に)けっこうぶつかってました。ガン、ガンって。僕が見ていたのでは四、五回ぐらい」

「やっぱり、その女の子が意識不明になったままなので、一緒に柔道をやっていた仲間として、かわいそうなんで、話をしたいと思いました」

この生徒の記憶には、どうやら事故の瞬間が鮮明に残っているらしく、リポーターの質問によどみなく答えている。

外見で証言の信用性を判断できるはずもないが、それでもディレクターの井ノ口は、素朴なこの生徒が悪意の作り話をしているとは到底、思えなかった。

そもそも、嘘をついてもこの生徒には何もいいことはない。むしろ「暴力はなかった」と証言したほうが波風が立たないはずだ。

(この子の話は信じるに値する)

井ノ口は、部長による暴力まがいの行動があったことを確信した。

リポーターの井口も同感だった。「どうもありがとう、よく話をしてくれたね。君は勇気がある男の子だ。立派だよ!」

感激屋のリポーターは、いつものように目に涙を溜めている。

インタビューを終えてからも、帰りの車の中で、リポーターの井口は何度も何度も、かみ締めるかのように、証言をしてくれた親子を絶賛した。

「いやあ、いい少年だった。お父さんも立派な人だよ」

少年の暴力について詳細な証言を得たことは、ディレクターの井ノ口にとって何よりも大きな力になった。

更に、二回の放送の影響なのか、他の元部員やその保護者の態度が次第に、取材に協力的になってくれていった。撮影こそできないものの、ペン取材というカメラなしでの取材には応じてくれるようになってきた。

多くの関係者たちは口を揃えた。

「もう三年前のことで、その後、この問題は無事に解決したと思っていた」

ところが、いまだに意識不明の少女の介護を続けながら、真相を究明しようとする両親の姿をテレビで見たことにより、認識をあらためたというのだ。井ノ口が感じていた「取材拒否の謎」が解けた瞬間だった。

関係者証言のほとんどは、大まかな流れとしては少女の両親の訴えと一致していた。

事故時の柔道場には、十二人の部員がいた。

被害者の少女を除くと十一人になり、一人は引っ越しをしていて連絡が取れないので、部長の少年を含めると十人が残る。

このうち「暴力があった」と証言した生徒は五人。「なかった」という生徒は、取材拒否の部長を含めても二人。ほかの三人は「見ていない」「答えたくない」と、はっきりとした証言をしなかった。

こうなると「少年が暴力まがいの行為をはたらいた」との証言は、かなり確実性が高いとみて間違いなさそうだった。

ある事件が起きた場合、実際に体験したり、目撃したりした人の情報を「一次情報」と呼ぶ。報道の基本的な考えとしては、その一次情報が複数得られれば、その内容は信用できるものと判断する。

今回の事故については、五人が実際に目撃したと証言した。それを明確に否定する意見は、たったの一人。しかもその証言者は、部長の親友との情報もあり、かばっている可能性は否定できない。かなり真実に肉薄したとの手ごたえはあったが、井ノ口は更に脇を固めることにした。須賀川警察署に取材を行ったのだ。

須賀川署は、柔道部の顧問と副顧問の二人の教諭を業務上過失傷害罪の容疑で、福島地検に書類送検したと報道されていた。少女が最初に入院して練習に復帰する際、顧問らは怪我の原因どころか入院自体を部員に伝えず、練習時に注意を払わせなかった、との疑いだったという。

井ノ口の取材には、副署長が対応した。その結果、次のような捜査状況を把握することができた。
①少女の怪我は、部長だった少年に何度も頭をぶつけられたことが原因。
②少女は退院後だったため、体調を見ながら休み休み練習していたが、顧問らから何の説明も指導も受けていない少年は「さぼっている」と誤解した。
③普段から顧問らはほとんど練習に参加していなかった。
どれも、両親や生徒、保護者の証言と一致するものばかりだった。

また少年に関しては法律上、当時十三歳だったため児童相談所に通告することしかできなかったこと、また暴力と練習の「しごき」との判別がつけにくいことなどから、刑事事件としては取り扱わなかったと分かった。

地検への書類送検も、二〇〇五年九月に行われたと回答してくれた。

校長は「警察ではないから調べられない」とインタビューで答えた。だが、警察の捜査結果を、学校が調査の参考にした形跡は得られなかった。なぜ、いまだに真相究明が行われないのか、それどころか隠蔽するかのような行動をとり続けているのか。もし隠蔽が事実だとすれば、どのような理由が隠されているのか。

もはや校長に再び会って話を聞くしかなかった。

それにはどんな取材方法をとればいいのか。学校にはその後も取材依頼の電話はかけているものの、音声インタビューが放送されてからは一切、取材拒否の姿勢を貫いている。学校の外で校長に話しかけようにも、自家用車で出勤、帰宅しているため困難だ。

井ノ口は考えた末、校長の自宅に直接取材をかけることにした。

ただし在宅中にインターフォンを押したところで居留守を使われる可能性が高い。結論は、校長の出勤時、自宅から車に乗り込む瞬間の直撃取材だ。

(チャンスは、その一瞬だけだ)

井ノ口の腹は固まった。


二〇〇六年十月六日。

午前二時すぎ、ワゴン車は須賀川へ出発した。

取材クルーは六本木のコンビニエンスストアでおにぎりやサンドイッチを買い、夜の高速道路をひた走る。辺りは暗闇に包まれている。程なくして雨が降ってきた。

ワイパーに弾《はじ》かれた雨が時折、高速道路の街灯に照らされ光を放つ。須賀川インターチェンジで高速を降り、車はどんどん市街地を離れていく。周辺は田んぼだろうか、明かりがポツン、ポツンと遠くまばらに見える。

午前五時、車はある集落の真ん中で停車した。カーナビが指し示す住所は十メートル先の路地を左に曲がった二軒目だ。外はまだ暗い。

「ちょっと様子を見てくるわ」

そう告げると井ノ口は傘をさして車の外に出た。何も言わないのに後ろにカメラマンがついてくる。路地を曲がった。

「わん！　わん！　わん！」

その途端、犬が大きな声で吠えた。

（まずいなあ、感づかれたら自宅から出てこなくなっちゃうかもしれない）

しかし、とりあえずは自宅を確認しなくては始まらない、路地を進み、一軒の民家を見ると庭には乗用車が停まっている。家はまだ明かりもなく真っ暗だ。携帯電話を取りだし、ディスプレイの光で表札を照らしてみると、そこにはまぎれもなく校長の名前が記されている。

「よしっ、間違いない、戻ろうか」

小声でカメラマンにそう言うと、井ノ口は車の中に戻った。

（さて、どうするか……）

校長とはいったい何時に出勤するのだろうか。

遠い記憶を呼び起こしてみると、確か中学は午前九時ぐらいから授業があり、朝礼がある日だけは八時半に校庭に集まったような気がする。すると校長というものは、朝の八時ぐらいには学校に来るのだろうか。しかし、何せ二十五年も前のことだから、極めてあやふやで自信がない。

いやいや、登校する生徒に挨拶をする校長もいた。そうなると、七時半ぐらいには到着しないと間に合わない。ここから中学までは車で二十分もかからない。だとすると、自宅を出るのは七時過ぎということになる……。

色々な条件を考えて計画を練ったが、最終的に井ノ口がたどり着いた結論は「せっかく早く着いたんだから、ずっと待っていよう」だった。極めて単純な作戦。

午前五時四十五分、辺りがうっすらと明るくなったころ、取材クルーは行動を開始した。カメラにビニールのカバーをつけ、リポーターがいないためハンドマイクは井ノ口が持つ。雨が次第に勢いを増してきていたため、カメラマンと音声さんはレインコートで完全防備、ベテランディレクターは、傘を片手に校長の出勤を待つことにした。

「うー、わんわんわん！」

またしても犬が吠える。頼むから、おとなしくしてくれと願いつつ、ひたすら待つ。

校長の自宅玄関が見える位置で、向こうからは、こちらが見えないように、壁沿いにぴったりと身を寄せる。足元はむきだしの地面で、水たまりができている。長袖シャツにスウィングトップのジャケットを羽織ってはいるが、次第に体温が奪われていく。

午前六時十五分。まだ校長宅に変化はない。

代わりに、向かいの住民が起きてきた。ガタッ、ゴトッと音がして雨戸が開けられる。パジャマを着た年輩の男性が取材クルーに気づき、胡散臭《うさん》そうな目つきになる。

(気まずいなあ。頼むから、校長の家に電話で、テレビカメラがいることを知らせないでくれよ……)

井ノ口は祈るような気持ちで、じっと雨の中で待ち続けた。雨足は更に強くなり、靴の中に水がしみてきた。

午前六時三十分。校長の自宅に明かりがともる。

どうやらようやく起床したようだ。これから顔を洗って朝食か、まだもう少しかかるか。壁に寄り添っているため、庇《ひさし》から大粒の雨水が落ちてくる。寒い。靴はもう、ぐしょぐしょだ。

午前七時三十分。まだ出てこない。誰かが「通報」したのだろうか。

このまま警戒して出てこなかったらどうしよう。あの校長なら、今日は出勤を取りやめるかもしれない。井ノ口は次第に不安になった。

ガチャ！

玄関の引き扉、その鍵を外す音がした。

ガラガラガラ……。

ガラス扉を開け校長が姿を現した。やった、間違いない。須賀川一中の校長だ。校長は玄関を出ると、すぐに後ろを向き、何かを手にした。

(ん？　何だ？　こちらに気づいている様子はないんだが……)

やがて、振り向いた校長が手にしていたのは、ゴミ袋だった。出勤前にゴミを集積場まで運ぶのは校長の役目なのだろう。

チャンスだ！

「校長先生！　おはようございます！」

不意を突かれたかのように、校長の体がびくっと硬直するのが分かった。井ノ口が立て続けに声をかける。

「テレビ朝日ですが、お話、お伺いしたいのですが！」

すぐに気を落ち着けたのか、校長はやけに優しい、ゆっくりした口調で答える。

「テレビ朝日はですね、この前、私が本当だと言ったことについて、あんたのところのテレビ朝日の井口さんが、そのことは嘘ですと断定しました。本当のことを言っても、あなたの局は嘘だと断定するようなことを言うので、これから一切、取材には応じません」

井ノ口は一瞬ひやっとした。民事訴訟になっている案件で片方の意見を通し、一方の話は嘘だと放送することはありえないからだ。それでもこのインタビューは続けなくてはならない。

「番組のスタジオで言ったということですか？」

「はい」

自信満々の返事だ。しかし断定なんてするはずがない。充分気をつけて放送してきたつもりだ（後日調べたところ、断定的な口調が放送された事実は確認されなかった）。

いずれにせよ、ここで引き下がるわけにはいかない。

「でも、校長先生の話を当時の柔道部の保護者の方たちに聞くと、食い違いがあるんです」

「とにかく、本当のことを言っても嘘だと断定するようなテレビ局の取材に、応じる義務はないと思うんです」

校長が苛立ってきたのが分かる。声が大きくなってきた。

（それでも対応してくれている。ありがたい！）

井ノ口の、正直な気持ちだった。

「校長先生！　本当に、本当のことを話しているんですか？　保護者に話を聞いてみても、先生と同じことを言う人はいませんよ！」

無言になった。井ノ口は更に続けた。

「先生は学校の責任者なんですから、説明する責任があると思いますよ」

「本当のことを言っても、嘘だと断定するような局に、私は話す必要はないと言ってるんです。分かりますか！」

「先生の話を本当だと裏づけられる人がいますか？　取材してきても誰もいませんよ！」

校長は人を追い払うように手を振り、首をかしげる。「とにかく、嘘を言ったというような局に、私はコメントする必要はないんです」

直撃取材は、こうしたやりとりで終了した。

自宅から三十メートルほど離れたごみの集積場まで往復する約三分間、校長はインタビューに応じた。冷たい雨の中、およそ二時間待ったかいがあった。気がつけば小降りになった雨に打たれながら、井ノ口は「一応の成果は得られた」と考えていた。

昼過ぎにスタッフルームに戻ると、チーフディレクターの小川と、デスクの青江が笑顔で迎えてくれた。

小川の関西弁イントネーション。その声は弾んでいる。

「井ノ口さん、おつかれさまでした。校長、撮れたんですって？」

「うん、雨の中の張り番はキツかったけどね。だけど校長のしゃべりがなあ、テレ朝の文句ばっかり言ってるんだよね」

井ノ口は、撮影には満足していたが、肝心の会話は少々気になっていた。

「まあ、見てみてよ」

テープを再生デッキに入れると、両脇から小川と青江が画面を食い入るように見つめた。

映像には、玄関から校長が出てくる姿から始まり、顔のアップ、井ノ口の質問に答える様子がしっかり映っていた。

「いやあ！　いいじゃないですか！　最高ですよ！」

小川は例によって、視聴率の匂いをかぎ取ったのか、嬉しそうに叫ぶ。

デスクの青江も同じ気持ちだった。だが、こちらは冗談でからかってくる。

「井ノ口さん、ダメですよ。笑ってるじゃないですか、ニヤニヤして映りこんでますよ」

確かに画面の中に映りこんでいる井ノ口の顔はニヤついていた。

「しょうがねえだろ！　嬉しかったんだからさ、いい画が撮れると笑顔になっちゃうのはクセなんだよ！」

井ノ口も冗談を返すと、三人は画面を前に大笑いした。

しかし、ベテランディレクターはふと、不安になった。校長の顔を撮影できたのは確かに上出来だが、果たしてこの映像を放送に使用してよいかどうか判断がつかない。

確かに中学校で事故が発生し、その真相が解明されていない。そして校長ら一部の教職員が隠蔽を図ったとの疑惑が浮上しているのは確かだ。

いや、取材現場の実感だけなら、隠蔽は行われたと断言だってできる。

しかし、そうした問題と、全国ネットで校長の顔を出す、出さないは別の話だ。校長は犯罪に手を染めたわけではない。いくら取材の際、校長が「映すな」と言わなかったからとはいえ「撮影できたのだから放送しました」ではすまない。

顔にぼかしをつけることなく使いたいのは山々だが、小川や青江もその判断はつけられない。

（さて、困った……）

井ノ口は悩んだ挙句、スーパーモーニングのチーフプロデューサーを務めたこともある青木吾朗に相談しようと決めた。

青木は早稲田大学を卒業し、一九八二年に入社した。かつてテレビ朝日の「看板」報道番組ともいわれた「ザ・スクープ」の立ち上げにかかわり、二〇〇二年、小泉元総理が訪朝した年からスーパーモーニングにかかわるようになった。

それまで朝の情報番組といえば、いわゆる「ワイドショー」が定番だった。

芸能ニュースに、ショッキングな事件・事故。民放全局が似たような番組を制作し、視聴率を競っていた。

ところが青木は番組の「ニュースショー」化を進めた。政治、経済など硬いネタも積極的に取り入れ、視聴率を上げることにも成功していた。

「吾朗さん、すいません、ちょっと相談があるんですけど」

いつもの喫煙スペースで井ノ口は声をかけた。

百八十センチ以上ある長身に、白髪交じりの長髪。ちょっとヤクザなイエス・キリストといった容貌の青木が振り返る。

「ん?」

「須賀川の事故の取材なんですが、校長の直撃が撮れたんですよ。で、その校長の顔なんですが、オンエアで使ってよいものかどうかと思いまして」

「井ノ口さ〜、その校長って隠蔽してるんじゃないかっていわれてる人物だよね〜。中学校は私立〜? それとも公立〜?」

語尾を微妙に伸ばす、独特の口調で質問が返ってきた。

「須賀川市立、公立です」

「それじゃあ、正々堂々とやるんだな〜。公立の中学校の校長であれば公務員だろ? 税金で飯を食べてるんだ。しかも一つの組織を束ねる立場じゃないか。その責任者が疑惑について答えなければならないのは当たり前のことだろ。大義は充分にある〜」

喋り方はともかく、内容は断トツの説得力があった。

井ノ口にとって青木は楽しい麻雀仲間でもあるのだが、こと報道の仕事に関しては師とも尊敬できる人物だ。

「大義はある……か」

井ノ口の胸にちょっとキザに聞こえるその言葉が響いた。

第六章　2ちゃん

ディレクターの井ノ口は、市長にも取材を依頼していた。

学校側の隠蔽疑惑について、両親は「教育委員会は何も調べようとしない」と、井ノ口に訴えていた。それならば、と取材を申請すると、委員会は係争中を理由に拒否する。じゃあ市の最高責任者に話を訊けばいいじゃないか。そんな発想だった。

三十分との条件つきではあったが、市長インタビューは実現した。

北陸で視察旅行を行った相楽新平市長（当時）が東京を経由することなどから「取材に応じる」と市長秘書を通じて連絡があったのだ。

取材クルーは東京駅近くのホテルに会議室を借りた。帰りの新幹線の時間が迫っていたため、入室した市長は立ったままインタビューを受けた。

リポーターの井口は、まず校長の管理能力を質《ただ》した。「事故が三年たった今も原因が解明されず、学校が事故を隠蔽したとの疑惑がもたれている。校長に管理能力があるとお考えですか?」

市長が答える。「我々が任用したわけではないので分かりませんが、一般的には校長に登用されているわけですから、それはやっぱり管理能力があるっていう認識ではないといけない」

「現実としてはどうですか?」とリポーター。

「分かりませんな。こういう問題に発展したということは残念ですね」と市長。

「学校側が生徒たちに口止め工作をしていたという話があるが」

「もしそれが事実とすれば、これはたいへん残念なことですね。あってはならないことだと思います。本当に指導者としての能力を疑わざるを得ないですね」

さらに市長は、学校が二回作成した事故報告書に対し、少女の両親から「いずれも事実と異なる」との抗議が出ていることに見解を述べた。

「学校からの報告書が間違っているということですから、そうすると何回報告を求めても結果は同じだと思うんですよ。だから教育委員会が独自に情報をきちんと収集して、どこにズレがあったのかということを検証すべきだと思います」

放送後、市役所には多数の苦情メールや電話が殺到したという。市長は「市民の抗議を受け、再調査の指示を出した」と明言した。まさに、市民が行政を動かした瞬間だ、と井ノ口は思った。

市長も委員会の再調査に期待を示した。「市民は確かな情報をほしいわけですから」「やらなくちゃいけないということだと思います」


これで材料はそろった。

事故を目撃した元柔道部員の証言、校長の直撃インタビュー、そして市長のコメント。

また、被害者の母親が「顔出し」をOKして援護射撃をしてくれた。実名はまだ公表できないものの、どんな談話にも増して雄弁な母親の表情を、視聴者に細大漏らさず伝えることができる。

中身は充分だった。二〇〇六年十月十七日「須賀川一中部活事故　第3弾生徒激白　真相は？渦中の校長直撃！」が放送された。

放送時間はまたしても二十分間。しかし、井ノ口は内容に自信を持っていた。VTRを見たスタジオのゲストコメンテーターたちの表情で、その自信は間違っていなかったことを知った。

井ノ口はこのころになると、2ちゃんねるを見ることが楽しみになっていた。今回も自分の担当の時間が終わると、すぐにスタッフルームに戻り、パソコンに向かった。


〝テロ朝よくやった〟

〝初めてこの事件を知りました。ひどすぎます。〟

〝須賀川市長ガンガレ〟

〝少女が回復しますように……〟


その表現方法に大きな問題がある書き込みもあるものの、ずいぶん少女と両親への誹謗中傷が減り、逆に学校への抗議が増えてきた。

視聴者の率直な、包み隠さぬ感情は、番組作りの励ましにもなる。

井ノ口は自分でも書き込みしたくなった。

不可能なことだとは分かっている。自分が取材をする立場にいる以上、様々な問題が発生するかもしれない。自制は当然のことだ。だが、少し残念には思った。

翌日、視聴率が出た。

井ノ口の予想通り、折れ線グラフは右肩上がり。満足できる結果だった。自分の担当したコーナーが数字を取れれば、ディレクターなら誰でも嬉しい。

ところが井ノ口は、それほど充実感を得ることができなかった。

「大義はある」

元チーフプロデューサーの青木の言葉を、もう一度、井ノ口は心の中で繰り返していた。

確かに取材を始めたころは、視聴率が期待できると思っていた。実際、放送のたびに数字を見ては一喜一憂してきた。

しかしそれだけが全てではないだろう。

この事故について放送をすることにどんな意味があるのか。あの校長に初めてインタビューをしたとき、このままではいけないと心の底から思ったはずだ。

ディレクターはそんなことを考えていた。


数日後、福島県の地元紙に、市長が再調査を指示したとの記事が掲載された。

(市長が話したこと、嘘ではなかったんだ……)

これまで三回にわたる放送で、井ノ口は何度も須賀川に足を運び取材してきた。

校長に話を聞き、あまりに納得のできない説明についい興奮してしまった。元柔道部の生徒や保護者に当初、相手にされず協力を得られなかった。

自分の性格を、あまり感情的なほうではないと考えていた。だが、この取材では何度、義憤に駆られ、熱くなってしまったことだろう……。

気がつくと、取材経緯を振り返っていた。

井ノ口は、その理由を、市長が「決断」したからだと思った。これで一つの区切りがつくのだと思った。

（委員会も本腰を入れて調査を行うはずだ。事故の原因は究明され、両親も納得するだろう）

報道の仕事をしていてよかった。井ノ口は、心から素直に、そう思った。

市長の再調査指示から一か月ほどが経ったある日、井ノ口はスタッフルームで、チーフディレクターの小川から声をかけられた。

「須賀川の件なんですけど、もう一回できませんかね？」

各曜日のチーフディレクターは、様々なニュースで、その放送枠を構成するのが仕事だ。だが、そんなに毎日、視聴者が関心を持ってくれるニュースが発生するはずもない。その作業に、チーフディレクターたちは四苦八苦させられていた。

須賀川は前回の放送で視聴率が良かった。小川が井ノ口に「もう一回」と相談したのは、状況に進展があれば充分、数字が取れるだろうとの判断からだった。

「そうだな、ちょっと両親に聞いてみるよ」

井ノ口は、もう一度くらいなら、放送できるだろうと思っていた。教育委員会による再調査は既に始まっているだろうから、その実情を取材して放送しよう。

さっそく、両親にインタビューをお願いし、教育委員会にも取材を申請した。さすがの委員会も、今回は取材に応じると言う。

十一月十二日。取材クルーは、少女の自宅を訪れた。

井ノ口が少女の部屋に入ると、いくつもの折り鶴が天井から吊り下げられているのに気づいた。丁寧に折られたものがつなげられ、その長さは、人ひとり分の身長を超えているように思えた。一体、何羽の折り鶴なのか、見当もつかなかった。夥しい量との言葉しか浮かばない。

聞けば、2ちゃんねるに書き込みをしていた人々などが、少女の回復を願い、折り鶴を集めて届けてくれたのだという。

ネット上にはいつの間にか、2ちゃんねるなどをきっかけとして、少女を応援するホームページまで作成されていた。

「少女がびっくりして目を覚ますくらい鶴折るよ」

サイトには、そんな「かけ声」が掲載され、千羽鶴やメッセージカードを少女のもとに届ける活動が行われていた。

二〇〇六年九月十八日には、朝日新聞福島版に記事が掲載された。

> 須賀川市の市立第一中学校で03年、当時中学1年生だった女子生徒が柔道部の練習中に頭を打ち、いまも意識不明となっている事故で、女子生徒や両親を応援しようと、匿名の支援者たちが動き出した。
>
> 新聞やワイドショーの報道を受け、約2週間前からインターネットの掲示板で、折り鶴や

寄付を贈って女子生徒を応援しようというやりとりが交わされ始めたのだ。

支援のきっかけは、インターネット上で多様なテーマに沿った掲示板を集めているサイト「2ちゃんねる」。

8月末、ニュース速報を伝える掲示板に、女子生徒の両親が、学校側が安全への配慮を怠ったなどとして、市などを相手取って介護費などを求める訴訟を起こした、という情報が載った。

事故後、両親が独自に行った聞き取り調査では、女子生徒は部活の先輩である当時13歳の少年(16)に、何度も頭から投げ下ろされたと話す生徒が複数いた。「乱取り」練習中に突然倒れたという学校側の事故報告書とはかけ離れた内容だったと、報道された。

「この事件はあまりにもひどい」――。

今月上旬から「2ちゃんねる」のサイト内に、専用の掲示板が複数できた。事件に関する過去の新聞記事、須賀川市議会の議事録などを見つけた人たちが、次々と載せた。事件への怒りは、次第に女子生徒を支援したいという動きになっていった。

「快復を祈ってそれぞれが千羽鶴を折って贈ろう」「介護費がかさむだろうから、現金を寄付したい」「女子生徒の両親に口座を開設してもらい、各自が寄付を振り込んだらどうだろうか」――。

さまざまな支援策がネット上で議論された。

行動を起こした人もいる。愛知県に住む女性は、応援のメッセージを書いたカードをつくった。掲示板の中から「小さいことでもいいから何かしようぜ」「女の子がびっくりして目を覚ますくらい鶴折るよ！」など、匿名の支援者たちの気持ちが伝わると思う部分を抜粋し、カードに添えた。

思い立ってすぐ新幹線の切符を買い、朝日新聞福島総局を訪れ、カードとともに両親にあてた手紙を託した。

16日、女性が書いたカードを受け取った母親（43）は、いまだに意識が戻らない娘の枕元に、そっとカードを置いた。「匿名の支援者」たちからは、女子生徒が在籍する養護学校や市議のもとにも、手紙や折り鶴を仲介してほしいという便りが届き始めている。

両親は、お金の支援は遠慮したいとした上で、「会ったこともない人までが、応援してくださっていることは、それだけで心強くて、励まされます」と話している。

一方、掲示板には、女子生徒を投げた少年や、学校、市委員会への怒りの文章もあふれている。

最近、学校や市委員会にも、匿名の苦情の電話が何件も寄せられているという。

事故当時の顧問の男性教諭（42）と副顧問の男性講師（31）が、業務上過失致傷容疑で書類送検されてから、20日で1年。

その日、女子生徒は、意識を失ってから3度目、16歳の誕生日を迎える。

（注・記事は一部を割愛し、改行などを変更。年齢、肩書は当時のもの）

現在、千羽鶴は受けつけていない。あまりの数に、両親の自宅に置く場所がなくなってしまうからだ。だが、サイトは運営を続けており「事故の風化を防ごう」と呼びかけている。

両親はスーパーモーニングの取材に対し、こう答えた。

「事故が起きてから、学校側にひどい扱いを受け、人間不信になりました。でも、見ず知らずの娘のためにここまでしてくれて、もう一度、人を信じてみようと思わせてくれました」

父親も母親も、心の底から感謝していた。

井ノ口は、二人の嬉しそうな表情を見ながら、2ちゃんねるのパワーに驚いていた。

あれほど誹謗中傷が満載な掲示板から、これほど両親の心に届く運動が広がっている。現代社会の複雑さ、奥の深さを思い知らされた。


取材クルーは、インタビューを開始する。

ディレクターの井ノ口はまず、再調査を両親がどう受け止めているか質問してみた。「市長の指示ですが、期待していますか?」

井ノ口は好意的なコメントが出てくるものと予測していた。ところが、両親はむしろ浮かない顔をしている。

「それほど期待していないんです。実はこれまで何度も教育委員会へ事故について調べてくれと頼んできたんですが、学校が提出した報告書は正しいと、再調査の必要はないと言い続けてきました。やっぱり第三者が入った調査でなければ意味がないと思うんです」

両親は、無駄に終わる可能性が高い、との見通しを明らかにした。それでも、市長の肝入りで始まったのだから、その推移は見守りたいと語った。

次いでクルーは市役所に向かった。市庁舎脇の建物で、坂野順一教育長が対応した。

「市長の指示で再調査が始められたということですが、進展具合はいかがですか？」

「すでに、当時中学校にいた教職員から聞き取りを始めています。学校の教職員そして当時の柔道部員と保護者への聞き取り、それらをしたうえで事故の真相究明をしたいと考えております」

井ノ口は失礼だとは思ったが、教育長はどこか、おどおどしているような印象を受けた。

（うーん、何か頼りないな……）

そしてインタビューの最後、教育長は次のような言葉を付け加えた。

「聞き取りの結果、証言が食い違い、すり合わせて一本化できなければ、教育委員会としては白黒つけられないかもしれません」

ディレクターは、耳を疑った。

証言が食い違えば、結論を出さない――。

これまでの学校側の説明と同じだった。しかも、調査が始まったばかりなのにもかかわらず、いきなりの発言だ。

（後ろ向きの姿勢が、垣間見える気がする……）

井ノ口は再調査が始まってからというもの、教育委員会が全力を出してくれるように願い続けていた。取材で電話をするたび、学校教育課長に「頑張ってください。期待しています」と伝えてきた。

（再調査は、しっかり行われるんだろうか？……）

ベテランディレクターの心に、初めて疑念がわき起こってきた。

十一月十四日、スーパーモーニングは委員会の再調査開始を、第四回の放送として報じた。オンエア後すぐ、井ノ口は次の取材を開始した。再調査の実態を調べようと思ったのだ。例により、当時の柔道部員や保護者に、テレピックをお願いする。

教職員に対する聞き取りは終了しているようだった。逆に、ディレクターが取材協力を依頼した人々は、まさに調査の真っ最中というタイミングだった。

そして、電話インタビューを開始すると、仰天するような証言が飛び出した。

「テレビ朝日のスーパーモーニングですが、再調査の現状についてお話を伺いたいのです。もう教育委員会から、お話を聞きたいという連絡はありましたか？」

「ありましたよ、ただ不満があったんです」

もう何度も電話で会話したこともあり、井ノ口と保護者の間には信頼関係が生まれていた。

スーパーモーニングの取材には、非常に協力してくれる。番組が繰り返し放送してきたことも大きいのだろう。

「えっ？　どんなことがあったんですか？」

「子供と一緒に話を訊かれたんですが、向こうは教育委員会の方と弁護士さんでした。それで質問してくるのは主に弁護士さんなんです。こっちが話を順序だてて話そうとするとそうさせてくれないんです。向こうが聞きたいことを一方的に、このときはどうでした、このときは、って聞いてきて、こっちは言いたいことがあるのに、それを話せないんですよ。内容に関しても、こっちの説明を部分だけ取り上げている感じで、全体としては違う話に作り上げられちゃうような気がしました」

この保護者は、弁護士があまりに意図に反した捉えかたをするので、途中で怒りに耐え切れず、席を立って出ようとした、という。

証言は、それだけではなかった。「その弁護士さんは、この調査は裁判のための調査だ、と言うんですよ」

井ノ口はあまりの驚きに声も出なかった。

それでは委員会の調査は、真相究明のためどころか、両親の民事訴訟対策ではないか。

後に調べた結果分かったことだが、再調査の聞き取りを行っていた弁護士は、訴訟では市側の代理人、いわば市の弁護を担当する人物だった。

裁判で市、つまり教育委員会は「少年による暴力はなかった」との立場をとっている。そうした主張を展開する弁護士が、保護者らの聞き取りを行っている。

果たして、こうした人選で、事故の真相が究明できるのだろうか。最初から「暴力はなかった」という結論ありきと思われてもしかたがないのではないか。

信じられないことに、電話取材を続けると、複数の保護者から同じ証言を得た。井ノ口は自らの甘さを恥じた。市長の指示だから、しっかりやるだろうと信じていた。両親の危惧《きぐ》にも、きっと大丈夫なんじゃないか、と内心思っていた。

(腐りきってる……!)

井ノ口は怒りに震える手で、プッシュボタンを押した。

「はい、牡丹の町、須賀川市です」

何が牡丹の町だ。思わず井ノ口は、心の中で毒づく。

だがいつものように、口調は冷静だった。「東京の、テレビ朝日の、スーパーモーニングですが、教育委員会の学校教育課をお願いします」

「あっ、ご苦労様です。少々お待ちください」

しばらく待つと、いつもの職員が電話口に出てきた。

「再調査の件ですが、民事訴訟の市側弁護士さんが聞き取り調査に加わっているそうですね。保護者の方たちから、充分に話を聞いてもらえないという不満の声がでてきているんですが、現状としてどのような形で再調査が行われているのかお伺いしたいのです」

「いま再調査の最中ですし、係争中でもあるのでコメントはいたしかねます」

そっけない返事が返ってきた。

「ちょっと待ってください！」

井ノ口は熱くなった。「保護者の方たちは、その弁護士さんが一方的に質問して勝手に話を作られているようだともおっしゃっているんですよ！　問題があるんじゃないですか？」

「今は、取材には、お答えできません」

「分かりました。じゃあ放送では、教育委員会の聞き取り調査を、裁判で市を弁護している弁護士が行っている現状と、聞き取りをされた保護者の方の不満を放送します。市の教育委員会にそのことを質すとコメントできないと答えていたという形で放送することになりますが」

電話の向こうの職員は、きつい口調で返事をよこした。

「脅すつもりですか！」

どうして、ここまで対立しなければならないのか。こちらも熱くなったかもしれないが、向こうも完全なけんか腰だ。

井ノ口は心底、理解することができなかった。委員会の方針に異議を投げかけるマスコミは敵だとでも言うのか。

(なぜそこまでして、必要以上に組織を守ろうとするんだ……)

両親の訴え、警察の捜査結果、部員や保護者たちの証言……。職員も、そうした事実の重さが分からないはずはない。

ディレクターは、教育委員会の人々は、誰もが普通の人たちであり、良識ある職員だと信じている。しかし、個人が集まって組織となった瞬間、良心がどんどん曲げられていくのだろうか。どうしてなのか。市の最高責任者である、市長が指示を出したのだ。再調査をきっかけに、組織の問題点を洗いざらい浮き彫りにし、再生を図るほうが、はるかに真っ当なはずだ……。

「これまでお電話で何度も再調査に期待していますと伝えてきましたよね。僕は教育委員会に頑張ってもらいたいと思っているんです。コメントはいただけないということは分かりました。でも再調査に関しては頑張ってやってください」

井ノ口はこれだけ伝えると電話を切った。祈るような気持ちから飛び出した言葉だった。

しかし、心の中に残っているのは、紛れもなく苦い、失望感だった。

年が明けた二〇〇七年二月、日本テレビは「報道特捜プロジェクト」と「NNNドキュメント'07」の二番組で、須賀川一中の事故を取り上げた。

他局で、この事故が取り上げられることは、ほとんどなかった。

井ノ口は、裁判取材などで地元テレビ局の記者などと顔を合わせるうちに、一種の仲間意識が生まれ「この事件をもっと取り上げるように努力してほしい」と話してきた。

だが、なかなか正面から報道するマスコミが出てこなかったというのが現実だった。

普通の記者、ディレクターなら、自分の取材が「独走」している場合、対象の事件や事故などの情報は、更に独占したいと願うものだ。

いわゆる「特ダネ」を放送すれば、視聴率は上がる。

事実、スーパーモーニングでも、須賀川の報道に関してだけ見ると、いい数字を残している。

しかし、今は「普通」の状態ではない。何より井ノ口は再調査に疑念を持ち始めていた。委員会が隠蔽に加担しているとまでは言えないにしても、見てみないふりをし、うやむやにしようとしているのではないかと思えてきたのだ。

(もしそうであれば、自分になにができるのか……)

これほど連続して放送しても、教育委員会の自浄は期待できない。であれば、あとはマスコミが一致団結するしかないのではないか。各テレビ局が放送し、全新聞が記事にすれば、どれだけの影響力、行政への監視能力が期待できるか。

(再調査の結論が出ていない今なら、委員会が路線変更しても、恥はかかないですむ……)

井ノ口は誰に頼まれたわけでもないのに、役所の「面子《メンツ》」まで計算していた。

現実は、報道を行うマスコミは、非常に限られていた。

大きな理由としては、やはり民事訴訟が係争中だということである。報道が裁判そのものに影響を与えることは好ましくない。さらに根拠もないのに両親の主張を繰り返し報道すれば、今度は逆に須賀川市から訴えられるおそれもあるのだ。

スーパーモーニングの場合「教育現場の不正を正す」という「公益性」の下、充分な取材を行い、証言を集め、細心の注意を払い放送した。

（ひょっとすると他のマスコミは、それだけ手間をかけ、隙のないものに仕上げる考えも勇気もない、ということなんだろうか？……）

井ノ口は絶望を感じることもあった。だからそれだけに、今回の日本テレビの放送には拍手を送りたい気持ちでいっぱいだった。

しかもその放送では、新たな疑惑まで提示されていた。

事故報告書に書かれた発生時間「午前十一時五十五分」に誤りがあるのではないかとの指摘だった。１１９番通報（午後零時七分）の四十分前に事故は起きたのではないかというのだ。

マスコミで取材をする者ならば、他社の「スクープ」は悔しい。

場合によっては上司に怒鳴られ、胃が痛くなることもある。だが、今回の井ノ口にとっては、それどころではなかった。援軍が、すごい武器を持ってやってきたような気がした。

日本テレビの報道は後日、市議会で共産党の橋本健二市議が質問を行い、教育委員会の調査対象に含めるよう、教育長に要請する事態にまで発展した。


三月に入った。

再調査が開始されてから、五か月が経過しようとしていた。井ノ口は継続して状況を問い合わせていた。すると三十日に発表が行われることが分かった。

（そうか、ようやく終了したか）

だが、その知らせを受けても井ノ口は憂鬱だった。

これで調査中、委員会は一度も両親のもとを訪れなかったことになる。つまり、父母の切実な訴えが、全く考慮されない可能性が出てきたのだ。

両親が求めるものは、事故の真相だけではない。その後の中学校側の隠蔽工作についても疑惑を解明してほしいと切実に願ってきた。しかし、委員会の再調査では、校長に事故原因の説明を求め、ずっと期待を裏切られてきた両親の声に耳を傾けなかったのだ。

（この方法で、学校の疑惑を追及、調査できるのだろうか？）

少なくとも井ノ口には不可能にしか思えなかった。しかし、それでもなお、教育委員会に一縷《いちる》の望みをかけていた。今はまだ中学校の隠蔽が疑われているだけだ。しかし下手をすれば、教育委員会が——つまりは市全体が——隠蔽に加担したとの印象を与えてしまう。

（いくらなんでも、そこまでするはずがないだろう……）

自宅に戻った井ノ口は、心の中で弱々しくつぶやいた。

ゆっくりと缶コーヒーをすすり、タバコの煙を追った。

缶の表面に付着した水滴が、すっと航跡を残して、表面を流れていく。真っ暗なトンネルでも、走り続ければ、きっと彼方に仄《ほの》かな明かりを感じる時が来る——そんな予感に包まれながら、ベテランディレクターは眠りに就いた。

第七章　取材圧力

二〇〇七年三月三十日。

ディレクターの井ノ口と、リポーターの井口は、市役所の会議室に到着した。

入り口で資料を受け取って中に入ると、かなり時間に余裕をみたつもりだったが、すでに大勢の記者が詰めかけていた。

突き刺さるような視線が一斉に飛んでくるのを、井ノ口は感じた。

まずはリポーターの井口に集中したようだ。

（テレビに出る立場でなくてよかった……）

井ノ口は内心、ほっとした。

一方、ベテランリポーターは慣れているのか「我関せず」とばかり、用意されたパイプいすに、どーん、と腰を下ろした。

気のせいなのかもしれないが、この雰囲気は何なのだろう。

服装のせいだろうか。

会見取材では「地味目のスーツ」がルールなのかもしれない。新聞記者は当然だとしても、テレビ局の人間でも普段とまったく違う、硬い服装に身を包んでいたりする。

ところが「ワイドショー出身」であるディレクターとリポーターは、まったくの普段着で来てしまった。これが浮いているということなのか。遠慮も配慮も知らない奴と無言の批判を浴びているのか。

ひょっとすると、この事故に関して、スーパーモーニングが突出した放送を続けていることが関係あるのかもしれない。被害妄想かもしれないが、記者たちの目は「東京からわざわざこんなところまで……」と言っているように見える。

取材クルーはただ精一杯努力して、取材を重ねただけだった。できは悪かったかもしれないが、関係者の心を開いて証言を得ることに、これほど苦労したことはなかった。

それでも、やはりこういった地元記者が集合する場所では、井ノ口はある種の疎外感を覚えてしまう。だが、一生懸命報道を続けてきて、なぜこれほど冷たくされなければならないのか、ディレクターは何度考えてもよく分からなかった。

資料を手に取ってみた。

一枚目に「須賀川市立第一中学校　柔道部女子生徒の事故に関する再検証報告書」と題名がついている。

ようやく取材目的を思いだす。他の記者などどうでもよくなった。どんな結果がまとめられているのか、逸《はや》る気持ちを抑え、一ページ目をめくった。

（ん？）

なぜかページが飛び飛びになっていて、本来の報告書の半分しか存在しない。単なる間抜けなミスなのか、それとも……。

いずれにせよ不思議な報告書を目にしたものだ、と驚くうちに、ようやく教育委員会が会見場に姿を現した。

その数およそ十人。中心は坂野教育長だ。

冒頭、教育長は挨拶で、事故発生の謝罪と少女の回復を祈った。だが、これまでに何度も耳にした文言とほぼ同じ内容だった。

そして報告書を朗読する形で、いよいよ調査内容の公表が開始された。その内容は、ひたすら聞き取った証言を説明するというものだ。


足を痛めて休んでいた部長が「当該女子生徒」つまり少女の練習態度に問題があるとして注意し、そして、「元立ちに立っている時、強制的に乱取りした」とする生徒、また「休んでいたところへ行って乱取りを行った」とする生徒もいた。

この時、投げた回数は、「四〜五回」としている生徒が三名、「回数は分からない」が一名、「投げていない」が一名、「見ていない」が一名、「乱取りをやっていれば、投げるのは当たり前」としている生徒が一名いた。

次は投げ方だ。

「普通の投げ方で、投げるというより転がす感じ」といっている生徒が一名。

「払い腰で、巻き込むように投げた」と言っている生徒が三名で、そのうち一名は「持ち上げて頭から叩きつける感じ」としている。

しかし、当該女子生徒を持ち上げることについては、「それは無い」とする生徒が二名。「そのようなことはできない」とする生徒が一名。「そんなことをしたら言う」とする生徒が一名いた。

部長が「反省文を書け」などと言い、当該女子生徒が泣いていたので、部長に「帰れ」と入り口付近に引っ張っていかれたのを見た生徒が二名いた。

また、「部長が当該女子生徒を二〜三回壁の柱に叩きつけて、引っ張って振り回しながら入り口のほうへ移動した」とする生徒が一名。

「部長が壁に叩きつけたことや、揺さぶりながら引っ張っていくのを見た」としながらも「記憶が曖昧《あいまい》だ」とする生徒が一名いる。

二名の証言で、時間や場所については一致しなかった。しかし、周りの生徒は、「壁に叩きつけるようなことはしていない」としている生徒が一名。「やっていたら止める」とする生徒が二名。「見ていない」「分からない」と話した生徒が一名ずついた……。

そして、これらの調査を基に委員会が出した見解は、次のようなものになる。

「部長を含め数名の生徒が当該女子生徒と乱取りをしたことは確認できた。しかし、部長が当該女子生徒を投げた時間、投げた回数、投げた方法については生徒相互にずれがあり、当該女子生徒が意識不明となった原因との直接の関係を特定するにはいたらなかった」

（結局、校長の主張と同じか……）

井ノ口は深い脱力感を覚えた。

教育委員会の主張を簡単にまとめると次のようなものになる。

少女が練習で乱取りしたのは事実。

部長が少女を投げ、壁に叩きつけたとの証言はあった。

だが、投げ方や回数に違いがある。「投げていない」とする生徒も一人いる。だから、部長が少女に怪我をさせたと断言することはできませんよ、というわけだ。

ベテランディレクターは、報告書の「したら」とか「やっていたら」との証言が記録されていることが気になった。

少女を部長が持ち上げたかどうかについて「そんなことをしたら言う」とする生徒が一名いて、壁に叩きつけるようなことをしたかどうかについては「やっていたら止める」とする生徒が二名いた、との箇所だ。

（それにしても「たら」って何だ？）

これらは、いずれも「そんなことはしていません＝持ち上げていません」「やっていません＝壁に叩きつけていません」を意味するわけではないだろう。

目撃しなかった生徒の言葉なのかもしれない。だが、その場合は「見ていません」と記録すればいいのではないか。それを「そんなことをし『たら』言う」「やってい『たら』止める」と、仮定形が含められた回答に、どんな意味があるのだろうか。

また、少女が持ち上げられたのかどうかの調査では「そのようなことはできない」と、まるで一般論のような証言もある。

質問は「投げたのか？」「持ち上げたのか？」なのだから、原則として回答は「はい」か「いいえ（＝事実はありません）」「いいえ（＝見ていないので知りません）」の三種類しかないはずだ。

一体、どんな聞き取り方をしたのか、と井ノ口は疑問を覚えた。

「そのようなことはできない」「そんなことをしたら言う」「やっていたら止める」これらの文言に、どんな意味があるのか。どうしても、教育委員会は「やっていない」のイメージを作ろうとしているのではないか、と引っかかってしまう。

しかし会見は続き、学校による隠蔽工作疑惑についての説明が行われた。

その中で、校長に対して、次のような指摘があった。

「校長は、当該女子生徒の保護者や他の生徒の保護者に対して事故の説明責任を適切に果たしておらず、問題を長期化させ、地域や保護者との信頼を損なったことの責任は重大である」

井ノ口は、ここまでは確かにその通りだと思った。だが……。

「また、事故の公表が遅れたことや生徒への聞き取りに一部慎重さを欠くことがあったことなどから、事故の隠蔽ではないかと疑惑を持たれることとなった。疑惑を持たれないようにすることはもとより、すみやかな情報公開につとめるべきであった」

一見すると、校長は隠蔽に関して重い責任があるようにも思える。

ところが、そうではないのだ。

よく読んでみると、隠蔽はあくまでも「疑惑」でしかないのだ。中学校側が事実を隠したのか、そうではなかったのかについては、何も結論づけていない。

「疑惑を持たれたのは、よくなかったですね」と言及したに過ぎない。

それならば「保護者を丸めこみ、完璧に隠蔽すればよかったんですか？」と、井ノ口は意地悪な質問をしたくなる。

これに黙っていられなくなったのはリポーターの井口だった。

熱血漢は質疑応答で怒りを爆発させた。

「部長が投げたと証言する生徒が何人もいるのに、なぜ教育委員会はそれを認めないんですか？」

「生徒さんそれぞれ、投げたっていう話はするんですが、微妙に状況が違うので……」

「生徒たちも一から十まで全部を見ていたわけじゃあないでしょう。部分しか見ていなかったら、違ってくるのも当たり前じゃないですか！　それに壁に叩きつけたなどと証言した生徒に関してはわざわざ『記憶が曖昧』だとか付け加えていて、叩きつけていないという生徒さんの証言にはそうした言及は一切ない。叩きつけていないとの記憶は鮮明だと主張されたいのですか？　この報告書を見る限りでは、委員会も事実をごまかそうとしているようにしか取れないです！」

「生徒の様々な意見がある中で教育委員会としては、これが直接の原因だとは特定できなかった……ということです」

「だいたい、事故の発生時刻に関してはどうなんですか！　ちゃんと生徒さんたちに聞き取りしたんですか？」

教育長は詳細を把握していなかったのか、待機していた職員に小声でなにやら話していた。

「あらためて生徒たちに、事故の発生時刻に関しては、聞き取りを行っていないということです」

「なんで聞き取りをしないんですか！　市議会で発生時刻について疑問があると指摘されて、調査してくれと言われたじゃないですか！　それなのになんで調べないんですか！」

教育長は言葉に詰まりながら、質問に答える。

「発生時刻に関しては教職員から前々から聞いていたので確かかなと……」

「その学校からの報告がおかしいからと指摘されて再調査したんじゃないんですか。事故の発生時刻という最も基本的なことを調べないで、何のための再調査ですか！　意味がないですよ！もう一回調査しなおしてください！」

会場は水を打ったように静まり返った。教育長は下を向く。だが井口は質問を続ける。

「隠蔽工作に関しての記述がありますが、事故の隠蔽ではないかと疑惑を持たれることとなった、とあります。これは隠蔽の疑惑ではなく、隠蔽があったということにはならないんですか？」

「それは、とらえかたにもよるのではないかと……」

教育長の声は次第に小さくなり、聞き取りづらい。

「隠蔽の疑惑ではなく隠蔽そのものだったんじゃないんですか！」

「…………」

「じゃあ、教頭の恫喝はどうなのよ！　保護者の方々が、教頭が口止めをしたと証言しているんですよ。生徒さんが暴力があったと証言したら、教頭に机を蹴られ、怒鳴られたと言ってるんですよ！　まるでヤクザのようだったって言ってるんですよ！」

「…………」

もはや教育長の耳には質問は届かないようだった。

報告会見は、大幅に予定時間を過ぎたと、途中で打ち切りになった。


再調査では、事故被害の証言はある程度盛り込まれていて、中学側の報告書に比べれば一歩前進なのかもしれなかった。

しかし、だからこそかえって真相をぼかそうとしているように思えるところもあり、井ノ口は「より狡猾《こうかつ》な報告書だ」と感じた。

教育委員会は「事故の真相は究明できない」「隠蔽工作はあくまでも疑惑だ」との結論に達し、学校の責任は追及しない構えをみせた。

井ノ口は「これで委員会も隠蔽工作に加担した」と思った。

生徒の証言を受け止めず、両親から話を聞くこともなく、校長の主張を追認したのだった。

スーパーモーニングの取材に対し、両親は次のようにコメントした。

「教育委員会の皆さん、もう気づいていらっしゃいますよね。自分が教育者であることを認識してください」（母親）

「あなたたちは、人間として自分たちのやっていることに誇りをもてますか？　人間として恥ずかしくはないのですか？　素直にそう思ってもらいたいです」（父親）

二〇〇七年四月三日、スーパーモーニングはこれまでの取材結果を踏まえ「追跡リポート　須賀川一中部活事故　市教委責任認め謝罪も　事故原因は『特定できず』」として放送した。

スーパーモーニングは前日の四月二日にリニューアルを行っていた。

メインキャスターには、テレビ朝日アナウンサーの小木逸平と、ABC（大阪・朝日放送）出身のフリーアナウンサー、赤江珠緒の二人を起用し、放送時間を午前七時半から八時に変更した。

リポートのオンエアは午前九時十分から二十五分間。実に番組の四分の一を占めた。

会見の翌日、須賀川市立第一中学校の校長は定年退職を迎えた。

これ以降、教育委員会はテレビカメラを持ち込んだインタビュー取材を受け付けなくなった。再調査を指示した市長も同じだった。

委員会の真意を知りたいと考えた井ノ口は、ディレクターの高崎利昭に、家庭用カメラを持たせて教育長の自宅に向かわせたりもした。しかし教育長は姿を現さないばかりか、家族にカメラを持たせ、自宅近くで待機する高崎の姿を撮影するようになった。

井ノ口は手詰まりになり、苦しんでいた。

気がつくと、全国で似たケースが目立つようになってきていた。新聞記事を検索すれば、学校の隠蔽問題が多発していた。「学校は生徒の自殺に関していじめの存在を否定」「学校が事故に関しての生徒のアンケートを廃棄」……。

なぜ学校は事実を明るみに出すことを恐れるのか。自分の学校でトラブルが発生したと認めれば、何か困ったことになるのか。

しかし、どんな理由があったとしても、そのために真実をごまかし、嘘までつくとは信じたくない。いや、信じられない。

井ノ口は、この須賀川の件だけでも真相を明らかにし、多くの人たちにこうした問題を考えてほしいと願っていた。テレビ番組のディレクターである自分にできることはたったの一つ。それは放送だ。しかし打つ手はなかなか見つからない。

民事訴訟を傍聴し、両親のもとへも取材に通っている。

だが、事態がまったく進展しない。そんな歯がゆい日々を過ごしていると、井ノ口は喫煙スペースで、元チーフプロデューサーの青木吾朗と出くわした。

「吾朗さん、最近動きがなくて、須賀川の件、オンエアできていないんですよね」

「須賀川はスーパーモーニングの良心だからな〜」

照れくさくはあったが、「良心」との言葉に、井ノ口は元気を取り戻した。

やはり諦めずに放送を続けるしかない。

そう決心した井ノ口は七月二十三日に「テレメンタリー２００７」という番組で三十分にわたり「須賀川一中柔道部事故〜少女に何が起きたのか〜」を放送した。

翌二十四日にはスーパーモーニングで「第８弾、暴力は無かったという生徒はいなくなった」

十二月二十五日には、やはりスーパーモーニングで「第9弾、学校は両親も知らない怪我を主張」を放送した。

次第に間隔は長くなっていくものの、決してこの事故を風化させるつもりはないという思いをこめたつもりだった。


二〇〇八年一月。

県警が書類送検していた柔道部の顧問と副顧問に関し、福島地検が業務上過失傷害容疑で捜査を再開した。これまで地検は起訴も不起訴もしない「中止処分」としていたのだが、担当が替わり、動きが見られるようになった。

このニュースを聞いた井ノ口は、また放送に向けて取材を開始した。まずは取材拒否を承知で、教育委員会に連絡を入れてみる。

「この件に関しては、地検のほうから教育委員会に捜査を再開したとか、そういった連絡もまだないので現時点ではコメントできません」

ほぼ予想したとおりの返事が返ってきた。

ところが、職員はそれで話を打ち切ろうとはしなかった。

「今後もこの件で放送されるおつもりですか?」

「はい、そのつもりですが」

「それはやはり、少年による暴力があって、教育委員会はそれを隠している、という見方でやるのですか?」

「そうですね。新たにそれを覆《くつがえ》すような情報がなければ、そのままだと思います」

井ノ口は素直な気持ちを伝えた。すると、すこし間をおいて相手が口を開いた。

「実はこちらでは、BPOに苦情の申し立てをしようかという話が出ているんです」

「BPOに申し立て？ うちをですか？ えーと、理由は何ですか？」

BPOとは「BROADCASTING ETHICS & PROGRAM IMPROVEMENT ORGANIZATION」の略だ。

日本語で言えば「放送倫理・番組向上機構」となる。

NHKと民放連、民放連加盟各社により出資、組織された任意団体だが、その設立目的は次のように掲げられている。

「放送事業の公共性と社会的影響の重大性に鑑《かんが》み、言論と表現の自由を確保しつつ、視聴者の基本的人権を擁護するため、放送への苦情や放送倫理上の問題に対し、自主的に、独立した第三者の立場から迅速・的確に対応し、正確な放送と放送倫理の高揚に寄与すること」

つまり、テレビで放送された内容が、名誉やプライバシーなどへの権利侵害や、放送倫理に違反があると考えられるとき、著しく不利益を被った人からの申し立てに基づいて、BPOの放送人権委員会などが審理し、当事者双方に通知し公表する。

その判断は、テレビ局に対して審理結果の趣旨の放送や改善措置の報告などを要求するものだ。

おりしも、そのころ、スーパーモーニングは、高速道路の工事を巡る建設費について自民党議員との関連性を指摘する企画を放送したのだが、放送の際、データとなる数値に誤りがあり、自民党からBPOに苦情の申し立てをされ、新聞などでも報じられていた。

教育委員会がそれらの記事を見ていたかどうかは定かではない。

だが、柔道部の事故問題についていてただ一番組だけ継続して報道を続けるスーパーモーニングに対し、何らかのアクションを起こそうと判断したのは明らかだった。

(確かに、BPOへの苦情の申し立ては正当な権利だ。とはいえ、これじゃあ、モーニングが目障りだと言いたいみたいじゃないか……)

井ノ口はデスクの青江とともに教育委員会側の言い分に何処まで対抗できるか検討することにした。BPOへの苦情の申し立ては重大な問題だ。

「井ノ口さん、教育委員会はなんて言っているんですか?」

「まず、高崎ディレクターが担当した、教育長自宅の『張り番』だ」

「まあ、張り番については問題ないですよね。教育委員会にインタビュー取材を申し込んでも受けてくれないわけですから、調査報道をしている立場としてはその責任者に取材することは許容範囲でしょ?」

青江に動揺する様子はない。

「当然だな。高崎も気をつけて敷地内で待つようなことはしていないと言っているし大丈夫だ。まあ、あいつの顔が怪しいって言えば怪しいが」

青江の表情は明るい。

ディレクターの高崎は、デスク青江の弟分のようなもので、その仕事ぶりに関しては信頼しているらしい。井ノ口は高崎の幼さの残った横顔を思い浮かべた。

「それと、教育委員会は向こうが裁判に提出した資料をうちが知っているのはおかしい、テレビ朝日に資料を渡した人間がいれば、その人間は法律違反をしたことになるって言ってるんだけど」

デスクの自信に揺るぎはない。

「大丈夫ですよ。原告のご両親からの資料提供なので、違法な手段での入手にはなりません。少女のプライバシーにかかわる部分もありますが、ご両親の了承があってのことなんでね。教育委員会の言いがかりみたいなものでしょう」

しかし問題点が一つあった。

それは、前回二〇〇七年の年末にスーパーモーニングの中で放送した、教育委員会の主張についてだった。

再調査で結論を出さなかった委員会は、スーパーモーニングの取材に対して「少年が暴力を振るったか、振るわなかったか、その判断は司法の場で下してもらいたい」と再三にわたって回答していた。

ところが民事訴訟で教育委員会は、再調査が行われる前から「少年による暴力はなかった」と主張している。

裁判で委員会は、その主張を立証するものとして、いくつかの資料を提出した。

その中の一つに、中学校の校長が手術後、医師から聞き取った話とする記録があった。

内容は「少女の脳には少なくとも中学校入学以前、何度も脳挫傷を起こした形跡がある」というものだった。

この情報を得た井ノ口は、校長が柔道部の保護者会で説明した「少女には頭に持病があった」との発言を思い出した。

そして、同種のものだと判断し「委員会は校長と同じ主張をしている」と番組で報じたのだ。その内容に、委員会は異議を唱えてきた。校長が医師から聞き取ったとする資料は、あくまでも自分たちが集めたすべてのものを裁判所の要請によって提出しただけで、ことさらに教育委員会が「少女には以前から持病があった」と主張しているわけではないという。

井ノ口は正直、屁理屈としか思えなかった。

少女は中学校に入る前から頭に怪我をしていたとの資料に裁判官が目を通すのであれば、主張しているとしか思えなかった。

しかし、ことは慎重に運ばなければならない。

ディレクターは、毎週レギュラーで番組に出演している大澤孝征弁護士に経緯を話し、意見を求めることにした。

検察官から弁護士に転向したいわゆる「ヤメ検」の大澤弁護士はその博学な知識とはっきりとした物言いで、相談すれば分かりやすく問題点を指摘してくれる。

大澤弁護士の返事は、井ノ口の予想外のものだった。

「それは正確に言えば、主張ではないねえ」

「でも、先生、教育委員会は少女の怪我の原因が少年の暴力ではないという主張の中でその資料を提出しているんですよ。主張しているのと同じではないのですか?」

「あくまで裁判所の要請で提出したんでしょ? 主張しているとまでは言えないな」

井ノ口は、血の気がさーっと引いていくのが分かった。

自分のミスだった。

少なくとも、教育委員会の主張という表現だけは、間違いであったと認めざるを得なかった。

この一点に関して言えば、明らかに番組の中での説明不足は否めない。

しかし、井ノ口はどうしても納得できなかった。

確かに法律上は教育委員会が指摘してきたとおり、番組の放送内容には誤りがあった。

そうであっても、やはり委員会が「少女の脳には少なくとも中学校入学以前、何度も脳挫傷を起こした形跡がある」との「資料」を提出した事実はどうなのか。

教育委員会は「少年による暴力はない」と、裁判官に印象付けるつもりは、あったのか、なかったのか。

印象付けようとした証拠はないのかもしれない。だが、逆に、なかった、と断言できる証拠も、同じように存在しないのだ。

井ノ口は考え抜いた末、教育委員会に電話をかけることにした。

「この間の指摘ですが『教育委員会が裁判で、少女の脳には中学入学以前から脳挫傷を起こした形跡があると主張した』との放送は、あらためて弁護士さんに確認したところ、こちらの誤りであることが分かりました。申し訳ありません。次回の放送であらためて教育委員会の見解について放送させていただきます」

「あっ、そうですか。それはわざわざどうも」

教育委員会の職員は、井ノ口の電話に、拍子抜けしたかのようだった。

しかし、ディレクターにとっては、ただ謝るために電話したのではない。

「裁判で主張したのではないということは充分に分かったんですが、教育委員会さんとしては、校長が医師から聞いたという話についてはどうお考えになっているんですか？」

「それは校長が医師から聞いたということですから、それが正しいと考えています」

（もらった！）

井ノ口は心の中で叫んだ。

「ということは、教育委員会としても少女の頭には持病があったという認識だということですか？」

「……ええ、まあ、そういうことになりますかね」

「分かりました。じゃあ次の放送で対処することにします」

次の放送で、教育委員会から抗議があったことを紹介することは、電話をかける以前から決めていたことだった。

だが、この取材結果で、報道する内容を大きく変えることができた。

抗議については番組内で対応することを前提とする。

その上で、それとは別に委員会の考えを合わせて放送すれば、よりいっそう委員会の「建て前」で取り繕った「本音」を伝えられるはずだった。

つまり、教育委員会は裁判に「少女の脳には持病があった」という資料を提出している。

そして番組に「持病があったと主張しているわけではない」と抗議してきた。

だが、実際に話を聞いてみると「少女には頭に持病があったと考えている」と明言した。

おかしいではないか。

こういう放送内容だ。

教育委員会の職員は、どれほど自分が矛盾したことを述べたのかも、まったく気づいていないようだった。

さらに井ノ口の態度が低姿勢だったことに気をよくしたのか、教育現場の人間とは思えないようなことまで口にする。

「ところで井ノ口さん、あのスーパーモーニングさんでインタビューに答えている生徒さんなんですが、あれ本当のことを話しているんですかね？」

「はっ？　それは一体どういうことですか？」

「いやあ、こちらで再調査の際、聞き取りしたときにテレビで言っているような暴力について話をする生徒さんがいなかったようなので……」

「それはつまり、生徒さんが嘘を言っているということですか？」

「いや、嘘というか、なんというか……。あれ、ヤラセなんじゃないかと……」

井ノ口は、聞き間違えたかと思った。

「生徒さんは少女が意識不明のままで可哀想だと思ったからこそ、うちの取材に答えてくれたんですよ。話を直接聞きましたけど、とても嘘を言っているようには思えませんでした。それをヤラセとはずいぶん酷い発言ですね」

「いや、ヤラセというのは言いすぎかもしれませんが……。ということは、井ノ口さんは信念を持って、少年による暴力があったとお考えになっているんですね？」

「そうですね、暴力か過度のしごきかは判断が難しいと思いますが、部長の行為によって少女は意識不明になったと考えています。それは確信しています。そうでなければこれほど何回も学校側の隠蔽工作疑惑について放送できません。私たちは事故当日その場にいた生徒さんの家ほぼ全部に取材をしたし、捜査に当たった警察署にも取材しているんです」

井ノ口の説明に、担当者も少し戸惑い始めたようだった。

「でもねえ……。事故直後に生徒たちに学校が聞き取りしたときには、だれも部長がやったとは言わなかったんですよ……」

「それは部長が怖かったからですよ。部長のいる前でみんなに何があったか聞いたんでしょ？力も強くて大きい部長の前で、他の部員が正直に言えるわけがないじゃないですか」

相手はなかなか納得しないようだった。

そして、委員会の見解ではなく、あくまでも一職員の意見と前置きした上で、次のようなことを話し出した。

「なんか事故の後、年が明けて、少女の両親が生徒さんたちを集めて話を聞いたでしょ。あの辺りからなんですよね、部長による暴力があったという話は。それまではそんな話は一つも出ていなかったんですよ」

「じゃあ、少女の両親が話を作って生徒たちに言わせているって考えているんですか？」

「いや、まあそういうことも考えられるんじゃないかと……」

井ノ口は呆れて、ものが言えなくなった。

教育委員会の職員は、教師が大半だ。

生徒と向き合い、保護者と対話すべき立場にいる。それなのにこの職員は「深読み」を披露し、子供たちと親の証言を疑っている。

第一、常識で考えてもそんなことは不可能だった。あの両親がどうやって周囲に「偽証」を依頼するのか。市民自身が「狭い街」と認めているのだ。あっという間に「真相」は伝わり、それこそ「証言の嘘」が暴かれるだろう。

井ノ口たち取材クルーは、何度も関係者に取材を重ねてきた。両親、部員、保護者。誰も嘘をつくような人はいなかった。全員の話に耳を傾け、走り回ってきた。

だが、それは教師にも求められることではないのか。

職員の主張はいわば、自分たちが育ててきた生徒を、何の証拠もなく一方的に「嘘つき」呼ばわりしたに等しい。

考えれば考えるほど、あまりにもこの職員の発言は不用意だった。いくら「一職員の意見」と前置きしたとしても、聞き手はマスコミだ。ミスを過剰に恐れる公務員には似合わない気がした。

これは逆に、個人が暴走して誹謗中傷の類《たぐい》を口にしたというのではなく、ひょっとすると委員会全体がそうした考えになっているのではないだろうか？

「それは個人的な考えですか？　それとも皆さんそうお考えなんですか？」

「まあ、あらかたそういう風に考えているんじゃないかと……」

実はこの担当者と井ノ口は幾度も話し、当初は委員会の問題点も真剣に話を聞き、放送内容についても理解を示してくれていたのだ。少なくとも井ノ口はそう信じていた。ところが、会見から一年を過ぎたあたりから、それまでの態度とは一変し、番組に異議を唱えることが多くなった。

その変化が何によってもたらされたものなのか、井ノ口には分からなかった。定年退職した元校長はいまだに教育委員会への発言権を保持しているとの話もある。委員会の上部で何かの力が働いたのか、単に組織を守ろうとする自衛本能に目覚めたのか……。いずれにしても、委員会の自浄が期待できないとの想いだけは強まった。

担当者は、さらに話を続けている。

「いま、少女のご両親と裁判をやっているが、そこになかなか両親の側に立って証言してくれる証人が出てこないのもそんなわけじゃないですかね。本当のことを話しているなら証人として出てきますよね……」

裁判が膠着状態にあることは事実だった。

民事訴訟開始からすでに一年半。少年の暴力を立証したい両親側は、目撃した生徒たちの証言を陳述書という形で裁判所には提出していた。

しかし、審理が進む中で、両親の主張には陳述書だけでなく、どうしても生徒に法廷で証人として立ってもらう必要が出てきたのだ。

弁護士が生徒の家を回り、依頼を重ねても、誰一人として首を縦に振ってくれない。井ノ口は両親が追い込まれていくのを、はっきりと聞いたわけではなかったが、なんとなく感じ取ってはいた。

職員との電話を終えた井ノ口は、再び須賀川市へ向かうことにした。

取材先は番組に協力してくれた元柔道部員。教育委員会の職員が「やらせでは」と指摘した当人だ。

「教育委員会の人が君の発言は信用できないと言っているんだけど、そう言われてどう思いますか？」

「私は正直に話しているのに、そういうことを言われるとちょっと傷つきます」

「番組に話してくれたことは本当にあったことですか？」

「はい、本当のことです」

話が苦手なのか、生徒の言葉数は少ない。

「実際に暴力はあったと？」

「柔道でない感じは見ていたら分かると思う。柔道の技じゃない技をかけていた」

「コンクリートにもぶつかっていた？」

「覚えています。音を立てて、ゴンッと痛そうな感じでした。頭から四〜五回投げていました」

はじめてこの生徒に話を聞いたのは、もう一年半も前のことだった。しかし生徒の話はそれだけの時間が経過しても、内容にぶれはなかった。

井ノ口は法廷に立ち証言する気持ちがあるかどうかも聞いてみた。

「あります。同級生、同じ柔道部だった仲間として少女がかわいそうだから……。時間がたって記憶が曖昧になっているところもあるけれど、少女が倒れたところははっきり覚えているので大丈夫です」

井ノ口は何度も自問自答したが、少年が嘘をついている形跡は、かけらも見つけることができなかった。

「えらい！　君はえらいよ……」

気がつくと、リポーターの井口が、いつものように激しく感動して涙声になっている。顔も真っ赤だった。

事情を聞くと、少年本人は証人になることを決心していたのだが、保護者が反対していることが分かった。

その理由を、父親に訊ねることにした。「少女の両親は、裁判で証人になってくれる元部員がいなくて困っているようですが……」

「ああ、知っています。うちにも前に少女の両親ではなかったんですが、弁護士さんが頼みに来たんですが、お断りしました」

「さしつかえなければ、お断りになる理由をお伺いできますか？」

「それは、うちの子供の証言が正確かどうか、親として責任が持てないからです。事故から既に四年以上経っていて、記憶も薄れてきていると思うんです。その子供が裁判で証言することで、部長だった少年の今後に影響を与えてしまうことに、親として責任が持てないからです」

「お子さんに話を聞いたら、記憶については大丈夫だと、証言したいと言っていますが」

「法廷に立つとなれば、うちの子供に原告側、被告側双方の弁護士さんが色々質問されますよね。そんな場所で、子供が正確な証言をできるかどうか、親としては不安なんです」

確かに、父親の意見は納得できるものだった。これまでにも取材に好意的だったこの父親の発言に、他意は感じられなかった。

インタビューの最後に、父親は世間話をするような口調で言った。

「でも、こういうお願いっていうのは弁護士さんがするものなんですね。私は少女の両親が頼みに来ると思っていたんですけどね」

取材を終えた井ノ口は少女の両親に対し、元柔道部員の生徒のインタビュー内容と、父親の話について、聞いたままを伝えた。

一方、井ノ口が須賀川で取材に奔走しているころ、チーフディレクターの小川は教育委員会のBPO申し立てに関し、関係部署と協議に入った。

結論は、取材継続の許可だった。

小川はその日、珍しく強気だった。「BPOへの申し立て？　やれるものならやってみい。受けて立ってやるわい！」

あまりの興奮に、関西弁丸出しだった。視聴率第一主義の小川とはいえ、さすがに委員会の動きは腹に据えかねたらしい。


二〇〇八年四月一日。

今回は特に慎重に原稿を書き、教育委員会の抗議を含め放送した。タイトルは「須賀川一中部活事故第10弾　生徒の発言は信用できない」

午前八時三十分からの二十分間。

ＮＨＫの「朝の連続テレビ小説」を見終わった視聴者がチャンネルを回すため、最も多くの人が見る時間帯だ。

番組としても、その日一番、自信のある企画を放送する。そのせいもあってか、放送終了後は須賀川市役所などに、抗議の電話が殺到したという。

その後、教育委員会からは、何も言ってこなくなった。

第八章　証人尋問

二〇〇八年七月。

四月の放送以来、井ノ口はしばらく他の事件の取材などを担当していた。だが、2ちゃんねるのチェックは習慣になっていた。

スタッフルームでインターネットを開くと、驚きの書き込みを見つけた。

〝八月八日証人尋問開催予定〟

（ついに証言に立つ生徒が出てきたのか……）

その日の夜、井ノ口は両親に電話を入れた。

「ついに証人が出ることになったんですか？　一体、誰が証言に立つんですか？」

「こちらの原告側の証人として、事故を目撃した当時の柔道部員が二人、話をしてくれることになりました」

父親はほっとしたような口調で答えた。なんでも取材した生徒と保護者のもとに、父親自らが足を運び、頼み込んだという。

さらに父親は、別の証人が存在することも教えてくれた。

「被告側から、部長だった少年本人も証言台に立つんですよ」

「えっ？　本人が話すんですか？」

「そうです」

井ノ口はこれまで二回ほど、少年の顔を見ている。

事故の原因を調べる中、本人に話を聞きたいのは取材する人間として当然のことだ。少年の自宅には、須賀川市を訪れるたびに足を運んでいた。

少年に会ったのは自宅の前だったが、いずれも取材を依頼しても「答えられない」と返事して、おとなしく家の中に入っていった。

両親や元部員から、どんな少年だったか話は聞いているものの、実際のところを知りたかった。

井ノ口は、両親には申し訳ないと思うものの、部長に対してはひどい少年だとの感情を持つことができないでいた。

さすがに取材当初は、自覚のないまま少女に暴力を振るった少年に、極悪なイメージを抱いたこともある。だが、ほんの少しの短い時間ではあったが、少年に何度か接するようになり、その気持ちが変わっていったのも事実だった。

ディレクターの井ノ口は、中学校で柔道部に所属していた。

三年生の時は部長も務めた。

井ノ口自身が自他共に認める「いじめっ子」で、部活で顧問の教諭がいないと知ると、禁止されている関節技や捨て身技を、おとなしい同級生や後輩たちにふざけ半分でかけて遊んでいた。ある日、一つ年下の、仲がよかった後輩に、無理して捨て身技をかけた時のことだ。

技をかけた井ノ口と同時に倒れこみ、後輩は肩を強打、鎖骨を骨折してしまった。すぐに救急車で運ばれ、全治一か月との診断を受けた。

井ノ口はこっぴどく、教諭に叱られた。

一週間後、後輩と母親に謝罪はしたものの、彼は柔道部に戻ってくることはなかった。井ノ口は今でも、後輩が倒れた直後の「バキッ」という音を覚えている。

ベテランディレクターにとっては、自分の悪ふざけのため、仲のよかった後輩と一緒に柔道ができなくなった、苦い思い出だった。

ところが、今回の取材で少年を間接的にではあるが知るようになり、結局のところ自分の中学時代と変わらないのではないかと思うようになった。

違うのは、被害者の怪我があまりにも重篤だということ。

自分のしてしまった行為の重大さを認めたかどうか。

そして何より、ちゃんと叱ってくれる大人が周囲にいたかということだった。

それだけに、少年がどのような人間で、何を証言するのか、井ノ口は大きな関心を持った。

両親にとっても、それは同じことだった。

自分たちの娘に大怪我をさせた少年と、法廷という狭い空間の中で一緒になるのだ。

証人尋問に向け、両親は決心を固めた。少年が初めて公の場で発言する法廷に、意識不明の少女を出廷させることにしたのだ。

尋問に先立ち、七月に行われた裁判の進行協議。その時、裁判所から求められていた元部員の証人出廷に関し、両親は可能になったことを報告した。

すると少年側が、元部員が証言する際には少年も傍聴できるよう許可を求めた。裁判所からすれば、被告として当然の権利だった。申し出は了承された。しかし両親からすれば、自分たちの証人にとって、大きなプレッシャーになるのは事実だった。まだ十代の元部員が、元部長を前に、その暴力行為について話をしなければならないことになる。

その「対抗策」といっては語弊があるが、元部長の少年が証言を行う際、真実を話してほしいとの願いをこめて、少女も原告席で傍聴できるように許可を求めたのだ。

少年は、意識不明となった少女の姿を見ながら、事故について語ることになる。五年近い時が流れ、少年はそれなりに成長したはずだ。だが、少女はあの事故から時間が止まっている。そんな二人が相対し、少年はどんな証言をするのだろうか……。

八月八日午前十時。福島地方裁判所郡山支部。

初めての証人尋問が行われた。最初に証言台に立ったのは、事故当日、練習に参加していた元部員だった。

「宣誓。良心に従って真実を述べ、何事も隠すことなく、偽りを述べないことを誓います」

まず原告側、つまり少女側の弁護士が質問を始め、元部員が答える。

少女は柔道の受身を充分に習得できていなかったこと。大怪我をする一か月前にも、練習中に嘔吐《おうと》し、部活動をしばらく休んでいたこと。だが、その件で顧問の教諭からは何の説明も指導もなかったこと……。

そして証言は、事故当日の状況に移った。

柔道部の顧問は出張で不在。代わりに副顧問が練習を監督していたが、最初こそ見ていたものの、その後は姿を消したという。

生徒だけの練習は続き、二回目の乱取り（練習試合）の最中、少女は足を痛めて休憩に入った。

それを見た部長が少女の襟をつかんで無理やりに立たせ、そのまま二、三回投げた、と当時の様子が語られた。

元部員は証言する。

「部長は『何、休んでいるんだ！』と普通より大きい声で言って、襟をつかんでむりやり柔道技というか、払い腰みたいなのをかけて、巻き込むような感じで少女の上にのしかかっていきました」

元部員の記憶は詳細だった。

原告側の弁護士は更に細かくその様子を生徒の口から語らせようと質問する。

「少年は何回くらい少女を投げたんですか？」

「覚えている限りでは二、三回くらい」

受身が取れていなかったことを引き出し、頭を打っていた可能性を得た弁護士は、次に元部長の行為が、練習の延長線上にあるものなのかを確認する。

「少年が少女にかけたのは、具体的には、どのような技をかけたのですか？」

「プロレス技みたいな、少女の体を持ち上げてそのままゆっくりと投げる感じでした」

「あなたは小学校から柔道を習っていたそうですが、あなたがその技をかけられたら、受身は取れますか？」

「難しいと思います」

「少女はこの十月当時、投げられて受身を取れていましたか？」

「取れていませんでした」


次は被告側のうち、元部長の弁護士が質問を行う。

「五年前の出来事で、記憶がはっきりしていない部分もあると思うが、投げたシーンについてははっきりと覚えているんですか？」

「はい」

取材を行い、少年の記憶が確かだと熟知しているとはいえ、やはり法廷で強く肯定してくれると、井ノ口は思わずほっとしてしまう。

もともとの裁判予定では、午前中に二人の部員の尋問が終わるはずだった。

ところが、一人目の部員に対し、原告側の弁護士、被告側・元部長の弁護士、市の弁護士、県の弁護士、と四人が質問をする形になった。

そのため、時間は予定より大幅にずれ込み、一時休廷となった。昼休みを挟み、二人目の元部員の尋問を行うという。

午前十一時五十五分、法廷からおよそ二十人の傍聴人が廊下に向かい始めた。

井ノ口もとりあえず、昼食でもとろうかと後に続くと、父親の姿を見つけた。

一瞬、声をかけようかと思ったのもつかの間、父親は階段を降りていく白いワイシャツ姿の男性に向かい、叫ぶように悪態をついた。

「このカス！　よくここに来られたな！」

井ノ口は、何がなんだか分からない。

「お父さん、あれ誰ですか？」

だが、父親は無言だった。井ノ口はワイシャツの男性を追いかけた。

追いつき、男性の顔を見ると、すべてを理解した。

元部長の少年だった。

以前は金髪だったが、今日は黒髪で、ぴしっとしたワイシャツを着ている。だから井ノ口は、後ろ姿だけでは誰か分からなかったのだ。

井ノ口はあらためて、父親が少年に抱いている憎しみを感じた。

法廷で少年が証言することは、少女の両親にとっても必要なことだった。

彼らの弁護士が少年に質問する機会を与えられるからだ。答え次第によっては、真相に近づくことができるはずだ。

そのことは、誰よりも父親が一番、よく理解しているはずだった。にもかかわらず、元部長の姿を見たとたん、常に冷静だった父親も、思わず罵声《ばせい》を浴びせてしまったのだ。

(お父さんにしてみれば、わが子に意識不明になるほどの大怪我をさせた張本人だ。気持ちは分かる。しかし、しかし、とはいっても……)

ベテランディレクターは、両親と少年、双方の胸のうちを想像してみようと努力した。

だが、状況が複雑すぎて、ほんのわずかな考えも、浮かぶことはなかった。

午後一時十五分。証人尋問が再開された。

二人目の証人も元柔道部員だった。だが、これまでの取材で、この元部員から詳しく話を聞くことはできていなかった。

法廷で「部長とは仲がよかった」と証言した元部員もやはり、部長が少女を投げたことを認めた。

「足が痛いと言って道場の端っこで練習を休んでいました。そのあと部長に呼ばれて『休んでいるなら、一緒に乱取りやるぞ』と言われ、乱取りをやっていました。四、五回投げられて泣き始めました」

原告側・少女側の弁護士は質問を続ける。

「どういう投げ方をしたんですか？　普段と同じですか？」

「同じだと思います。連続だったとは思います」

続いての証言は、少女を投げた後の出来事に移る。

部長はパイプいすに座り、横に少女を正座させ、説教をしていたという。少女はずっと泣いていた。

「その後、部長は首の後ろの服をつかんで引きずっていったんだね？」

「部長に引っ張られていって、途中から何も話さなくなって、力が抜けたようになりました。そのときはみんな練習を止めてみていました。声をかけたんですが、反応していませんでした」

少女の父親が腕を組み、目をつぶる。

更に元部員の証言は続く。

「普段の練習の際は、部長の少女に対する態度は、他の部員に対する態度とは違っているの？」

「普段はあまり、話はしていないです」

「普段の態度からすると、事故の日に、少女に乱取りをさせた部長の態度は違っていたの？」

「怒っていました。声も大きかったし怒鳴っていたし、機嫌が悪そうだった。『ちゃんとやれ！』とか『何休んでいるんだ！』とか……」

部長だった少年が、少女は練習をさぼっていると思い込み、怒って投げた。

このことを、井ノ口は取材を通じて把握はしていた。だが、これほど詳細に、少女が倒れた瞬間の話を聞くのは初めてだった。

原告側証人である元部員たちへの尋問は終わった。

そして午後二時三十分、元部長だった少年に対する当事者尋問が始まった。

ところがこの際、誰もが思いもよらなかった事態が発生する。

法廷に、まず少年が入ってきた。

がっしりした体型で、身長は優に百八十センチを越えているだろうか。多少緊張している様子は感じられるものの、ほぼ無表情だった。

次に、原告の一人として、少女が姿を現した。

リクライニングできる専用の車いすに横たわる少女の頭は、いつものようにタオルで覆われ、怪我の跡は分からない。胸元に強く握り締めたこぶしを当てるような格好のままの少女は、当然のことだが意識はなく、まぶたは閉じられたままだ。

少女の母親は、入廷したわが子の様子を気遣う様子を見せていたが、父親は娘の姿を見た少年がどのような反応を見せるのか、その表情の変化を一生懸命、見極めようとしていた。

少年と少女の間にはわずか数メートルという空間が存在するだけだった。

事故以来およそ五年ぶりの対面である。少年はこの法廷で、彼の行動そのものについて証言を求められることになる。

今度の尋問は、被告側のうち、少年の弁護士による質問から始まった。

「あなたの提出した陳述書には、二〇〇三年十月十八日、練習中に倒れた状況について書かれていますが、このときの記憶は鮮明ですか？」

「鮮明ではありません」

「何故、記憶が鮮明ではないのですか？」

「いつも通りの練習をしていたつもりなので、特に記憶に残っていません」

少年は自分の弁護士から質問を受け、事故について話を始めた。

その途端、異変は起きた。

眠っているはずの少女が突然、うなり声ともうめき声ともつかぬ声を発し、大きく咳《せ》き込んだのである。

「グアー、ゴホッ、ゴホッ！」

法廷は一瞬にして凍りついた。

その場にいた、全ての人間の視線が少女に注がれる。

少年の顔がこわばっている。

井ノ口も同じだった。取材の中で、少女が軽いいびきを立てたり、咳き込むことは何度か経験してきた。

しかし、これほど大きなうめき声は、聞いたことがなかった。

五年ぶりに聞く少年の声。

意識不明になる前に、少女が最後に聞いたであろう少年の声。それを間近で聞き、少女は意識不明の状態でいながら、その声の主が分かったのだろうか。

そして、自分を傷つけた少年に対し、抗議の声を上げたのだろうか……。


尋問は少女の様子が落ち着くまでほんの少しの間中断したが、すぐに再開された。

「当日の練習中に足を痛めましたね？」と少年の弁護士。

「はい、乱取り中に痛めました」と元部長の少年。

「足を痛めてその後どうしていたんですか？」

「黒板近くにパイプいすを置いて、座って休んでいました」

「休んで、他の部員の練習を見ていて、少女が休憩しているのを見つけたのですか？」

「はい。壁によりかかって休んでいました」

「休んでいる少女を見つけて、どうしたんですか？」

「少女のそばに行って『何さぼっているんだ』みたいな感じで注意しました」

「注意された少女の反応は？」

「ほとんど反応がなくて無視されました。少女は下のほうを向いていました」

「その少女に対して、あなたはどうしたんですか？」

「試合が近いのに何を考えているのだろうと思って、柔道着をつかんで投げました。柔道技でいう払い腰で一～二回投げました」


当事者尋問の場で、少年は少女を投げたことを認めた。

事故直後は「少女を投げていない」と話していた少年だったが、その後、教育委員会の再調査などでは「軽く投げた」と証言を変えた。

そして裁判では「払い腰のような感じで一回、転がした」と主張していたのだが、この日の証言では、複数回投げたことを自ら認めたことになる。

振り返ると、少年の言い分が変遷したのは明らかだった。

弁護士は「投げた後はどうしたんですか？」と尋ねる。

「（少女が部長に）『すみません』と言ってきたので『自分が座っているいすのほうに来い』と言って、『なんで練習をやらないんだ』と聞いたんです。そうしたら（少女は）下を向いて、無視された」

「黙っている（少女を）見てどうしたんですか？」

「その後、泣き始めたので『泣いているならもう帰れ』みたいな感じで、少女の襟をつかんで立たせて、道場の出口付近まで連れて行きました」

被告側の弁護士は、少年が少女を投げたときの様子を語らせた。そして、元部長に二回にわたり、証言を求めた。

次に引用するのは、二回目のやり取りである。

「あなたが、少女を投げたときには、どんな風にして投げたのですか？」

「襟をつかんで転がすようにして投げました」

「プロレス技で投げたことはありますか？」

「ありません」

「数回頭から叩き落としたことはありますか？」

「ありません」

「壁に押し付けたことはありますか？」

「ありません」

投げたことは認めるものの、ひどい投げ方ではなかったと少年の口から語らせたかったようだ。

さらに弁護士は、そのときの少年の心境についても質問した。

「元柔道部員の生徒は証言で、少女をあなたが投げたとき、怒って投げたようだったといっていたが、怒っていたんですか？」

「怒っていました。無視されてイライラしていました」

元部員の証言でも、少年は「怒っていた」とされたが、それを本人も認めた形になった。


少年の弁護士は質問を終えた。

次は原告側、つまり少女側の弁護士が質問に立つ。

裁判上、少年は原告にとっても重要な証人だった。

法廷で、この少年の口から、暴力の詳細、学校の管理体制の不備、そうした事実を浮き彫りにする発言を引き出したいと考えていた。

少女側の弁護士はまず、日ごろの練習状況を質問した。

「柔道部の中で受身が身についていない部員はいましたか？」

「はい（少女は）あまり受身ができていなかったように見えました。強い力で投げられると頭を打っていたように思います」

「練習態度は積極的でしたか？」

「いいえ、たまに注意していました」

「顧問の先生は（少女に）対する指導について、部長であるあなたに何か特別に指導するようなことはありましたか」

「ありませんでした」

被告の少年も認めたように、練習は実質的に元部長の少年が取り仕切っていた。小学校から柔道に親しみ、県大会の出場経験もあったからだ。練習メニューも部長として決めていたという。

「二〇〇三年九月十二日（少女が）練習中に嘔吐したことがありましたよね。そのことについて顧問の先生から怪我の状況とか、入院したとか、そういった説明はありましたか？」

「なかったと思います」

「入院してることすら知らなかったの？」

「はい」

顧問から何の注意も、指導も受けていないことが、法廷でも明らかになった。

（一体なぜ、顧問の教師は、少女の一回目の怪我について、部員たちに説明しなかったんだろうか……）

井ノ口は、当然といえば当然の疑問について、頭をめぐらせる。

元顧問の教諭は、後に行われた教育委員会の聞き取りに対して、少女の一回目の入院に関して、次のように話している。

「医師から、脳に出血があると話は聞いたが、急性硬膜下血腫との診断名までは聞いていない」

だが母親が「顧問も一緒に診断名を聞いた」と反論するなど、取材では明らかにできていない部分も多く残っている。

それにしても、この元顧問が本当に病名を知らなかったとしても、事態を軽く考えすぎていたのではないかとの指摘は免れないのではないか。

柔道の練習で頭を打ち、脳が少量とはいえ出血していれば、それだけで大怪我だ。ましてして少女は十二日間も入院している。部の責任者としては、病名だけでなく病状もしっかりと把握し、練習方針などをしっかり決めるべきだっただろう。

そしてそれは、部長だった少年にきつく伝えなければならなかったのだ。

顧問が部員に少女の病状を伝えれば、元部長の少年も、少女に様々な配慮を行うことが可能だったのではないか。少なくとも事故を防ぐことができたのではないだろうか。


質問は事故当日の練習内容に移っていた。

「事故当日、少女が練習を途中で止めたことはありましたか?」

「ありました。少女は壁のほうで休んでました。どうして練習を止めたのか分かりませんでした」

「休んでいる少女にあなたはどういう風に声をかけたの?」

「『なんで休んでいるんだ』と声をかけました」

「それで?」

「立っていた少女の柔道着の襟の部分をつかんで、右手は袖のあたりを持って……」

「そうやって、払い腰で投げた?」

「はい。自分が注意しているのに、何も言わないで下を見ているので、何を考えているんだろうと思って投げました」

少女を投げたと素直に認めた少年に対し、原告側弁護士は、そのときの心境を質問した。

「そのとき君は頭にきていた?」

「そのときは少し頭にきていました」

「自分の言っていることを無視されたと感じた？」

「はい、何もしゃべらなかったので。自分勝手に抜け出してさぼっているように感じました」

「制裁を加える気持ち？」

「制裁という気持ちとはちょっと違うかなって感じです」

「でも、あなたとすれば、部長として面白くないわね？」

「そうですね」

「それでどうしたの？」

「柱の近くに投げました。回数は一回か二回。そんなに多く投げたつもりはない」

「一回しか投げなかったという記憶ではない？」

「はい」

少年は自らの口から、さぼっていると注意し、無視されたと頭にきて、少女を複数回投げたことを語った。どんどん両親の主張と相違点がなくなっていく。

「事故の翌年二月に、先生から事故の件について事情を聞かれましたね？　あなたはその時、どう答えたのですか？」

「あんまり話す時間が長くなかった。先生八人くらいに囲まれて『一コ下の生徒は、お前がやったと言っているが、どうなんだ』と聞かれ、自分はやったつもりはなかったので、先生と口論になった」

「その時の、あなたの発言の記録を見ると『そもそも投げたこと自体ない』と言っているが、先生に言ったことと、今日話した話と違っていますよね？　先生には嘘を言ったということですか？」

「そういうことになります」

事故の四か月後、中学校が行った生徒への聞き取り調査。少年はその時、嘘をついたと認めた。

少女側の弁護士は、長い質問時間の最後に、現在、少年が少女に対しどのような感情を抱いているのか聞いた。

「受身のできていない少女に対し、自分の乱取りの相手をさせたことについては、今どう思っていますか？」

「なんとも思っていません」

少年の言葉が広い法廷の中で響きわたった。

車いすに横たわる意識不明の少女を間近に感じ、その姿を目にしながら語った少年の言葉。それは本心から出たものなのだろうか。

それとも多額の賠償金を求められる恐れのある裁判対策のためなのか。

井ノ口は心が痛んだ。


当事者尋問は、原告側の弁護士の質問が終わると次いで被告側、少年側の弁護士による質問へと移っていった。

原告側の尋問に比べ、質問に要する時間は短かった。

その中で弁護士は少年に対し、少女を投げた際の少年の心境について、あらためて聞き直した。

「少女が練習に参加しないで壁際に立っていたときに『あなたはなんで練習に参加しないんだ』と言ったんですよね？　その時点で少女に制裁を加える気持ちがあったんですか？」

「いいえ、ありませんでした」

弁護士の質問に答える少年は終始、ボソッ、ボソッとした小さな声で証言し、ときおりもう少し大きな声で話すよう裁判官に注意される場面もあった。

そして原告、被告、両方の弁護士からの質問が終わると、最後に裁判官からいくつかの質問が行われた。

「あなたは柔道部で指導する立場にあったようですが、練習に熱心ではない人に対する指導というのは普段はどうしているのですか？」

「『声を出せ』とか『ちゃんとやれ』とか言っています」

「つまり口頭で注意するということですね？」

「はい」

「今回の場合、注意して無視されて投げたということですが、あなたは『制裁じゃない』と言いましたよね。それでは何故、投げたのですか？」

「指導として投げました」

「日ごろからあなたは柔道技をかけるような指導をしていたんですか？」

「いいえ」

「じゃあ、何故このときは技をかけたんですか？」

裁判官の一人が少年の心理を見極めようと繰り返し質問を投げかける。少年の顔にしだいに苛立ちとも焦りともつかない表情が浮かび上がってきた。

「言っても聞かなかったから投げました。自分は間違っていなかったと思います」

少年はそうきっぱりと言い放った。しかし裁判官は、少年の表情を覗き込むように見つめながら、なおも質問を続けた。

「あなたは（少女を）投げたとき『強く投げたつもりはない』と言っていましたが、それでは逆に手加減をした覚えはありますか？」

「手加減したつもりもありません」

「柔道の熟練者が素人を相手に技をかける場合には、どういったことに気をつけるものなんですか？」

「頭を打たないように手を引くとか気を使って……」

「あなたには（少女に）怪我をさせないぐらいの力の差はあったと思いますか？」

「あったと思います」

「分かりました」


部長だった少年に対する当事者尋問はおよそ二時間半にわたって行われた。

意識不明の少女は少年から数メートルという距離でずっとその証言を聞いていた。

少年の尋問が始まった直後、少女は大きなうめき声をあげ、咳き込み、法廷に居合わせた傍聴人たちを驚かせたが、その後は、ときおり咳が出るくらいで静かに目を閉じたまま横たわっていた。

この日の法廷から、裏づけを取れたことがいくつかあった。

少女が柔道部の練習中に足を怪我し休憩を取っていたところ、それを見た部長だった少年は少女が練習をさぼっていると勘違いし、襟をつかんで投げたこと。

その際少年はイライラし怒っていたこと。

顧問の教諭は練習に参加しない日もあること。

そして少女の一回目の怪我のあと顧問が部員に何の説明も指導もしなかったこと。

それらは、ほぼ少女の両親の主張通りに思えた。

残る問題は、少年が少女を投げたことが直接、少女の怪我の原因だと判断できるかどうかだが、それについては少女を診察した医師の見解と、事故当日、少年が投げたこと以外に少女の頭に大きな衝撃を与えるような出来事があったかどうかで結論が出されることになる。

しかし井ノ口にとって、この日の裁判で心にこびりつくようにして残ったのは、少女を目の前にして少年が言い放った一言だった。

「なんとも思っていません」

この言葉が本当に少年の心から出た言葉なのだろうか。

そうは思えなかった。

もし少年に裁判対策のために周囲の大人が言わせているとすれば、それがどれほど少年の心を蝕《むしば》むのか深刻に受け止めてもらいたいと、井ノ口は思った。

当事者尋問が終わり裁判所の廊下で井ノ口は、元部長の少年と、一緒にいた母親に話しかけ取材を申し込んだ。

その依頼はあっさり断られたものの、五分ほど母親と話ができた。

その間、少年はおとなしく、隣で待っていた。

大きな体をした少年の顔に、井ノ口は何より幼さを感じた。


テレビ朝日のスタッフルームで、井ノ口は小さな声で「あっ！」と叫んでいた。

自分の机でいつものように「2ちゃんねる」を閲覧していると、当時の柔道部顧問と副顧問に対し、福島地検が不起訴を決定したことが報じられていると知った。

「おい、林、顧問たちは不起訴だって！」

井ノ口は、第一回の放送でヘルプディレクターとしてインタビューの編集を行った「デーブ・林」に声をかけた。

「えっ、マジですか？」

第一回の放送から、もう二年近くが経過していた。あのときはディレクターだった林も、今はスーパーモーニング火曜班のデスクを務めている。

逆に、当時のデスクだった青江は木曜班のチーフディレクターに「番組内異動」をしていた。

井ノ口は「2ちゃんねる」のリンクから、地元紙のホームページなどにアクセスし、報道内容を確かめた。

新聞各紙などは理由として福島地検が「因果関係の認定が困難な上、予見可能性も認められない」と説明したと報じていた。

（残念だけれど、やっぱり、ある程度は予想した通りだ……）

ベテランディレクターは、複雑な気持ちだった。

元顧問らが起訴された場合に備え、井ノ口は全国各地の類似した事故について取材を行っていた。だが、学校の部活動での事故について、刑事事件として立件されたケースは極めて少なかった。

つまり、現在の捜査機関は、部活中の事故に対し、顧問の監督責任を問うことは難しいと判断しているようだった。

スポーツ上の事故、しかも、子供の行動は予測不可能なことも多い。安全か危険かの判断は困難な面もあり、顧問などの刑事罰を追及する難しさが浮き彫りになっている。

しかし、遺族や被害者の感情からすれば、刑事裁判でこそ、責任の所在をはっきりさせたいと思うのは当然のことだ。

現在に至るまで、被害者側の考えと、捜査機関の判断には、大きな溝が開いたままとなっている。

少女の両親らは「不起訴不当」として、検察審査会に異議を申し立てたが、審査会は「不起訴相当」との判断を下し、両親の主張を退けた。

逆に、証人が一人も出廷できず、膠着状態に陥っていた民事裁判は、元部員や部長らへの当事者尋問をきっかけとして、一気に動き出した。

一か月後の九月十九日に行われた進行協議手続きでは、次に開かれる法廷で、当時の柔道部の顧問の教師と、少女の母親、そして加害者として訴えられている元部長の母親が証人として出廷することが決定した。

さらに当時中学二年生で、教頭に恫喝され、事故について学校から口止めをされた少年が法廷に立つことを決意したというのだ。これには井ノ口も驚いた。

（柔道部の中でおとなしかった少年が、よく法廷で証言する気になるほど成長したものだ……）

井ノ口たちは、教頭に恫喝されたとする少年への取材を続けていた。

最初に行った校長へのインタビューで、ディレクターの井ノ口とリポーターの井口は、共に教頭の口止め工作について質問をしていた。

校長は「（生徒に対して）何故本当のことを言ってくれなかったのかと、教頭が注意しただけだ」と回答したが、報告書にはそのように答えた生徒の記述はなく、大変に疑問の多いものだった。

取材を開始した当初は、母親が応対してくれた。その後、少年自身も、取材に協力してくれるようになった。だが、インタビューの音声や映像の使用許可は得られなかった。

取材結果は、いわゆる「ウラ取り」の一環として使用してきたが、少年の肉声そのものを放送することはできなかった。

その少年本人が法廷に足を運び証言するというのだ。

井ノ口は少年の強い決意を感じずにはいられなかった。

刑事事件が不起訴となり、両親が事故の真相を解明する手段は、この民事裁判のみになってしまっていた。少年が出廷し、証言することには、非常に大きな意味がある。

裁判所は、事故の原因究明についての証言は、前回の公判で充分だと考えていた。そのため、少年が部長による暴力の有無について証言するための出廷には難色を示した。そこで少女側、つまり原告側は、事故後の学校側の事故隠しともとれるような不適切な対応についての証言を求めることにした。

少女の両親は、訴状の中で学校側の事故後の対応で苦しみを味わったとして慰謝料の請求を求めていることもあり、裁判所はそれを理由に、少年を証人として出廷させることに同意したのである。

つまり、少年は法廷で、学校による事故の隠蔽工作疑惑についてのみ、証言を求められたのだ。

（中学校の隠蔽工作疑惑について、遂に証言が法廷で語られることになるのか）

井ノ口は少年の気持ちが揺らぐことがないよう祈りながら、第二回の証人尋問の行われるその日を待った。

二〇〇八年十一月七日午前十時。

福島地方裁判所郡山支部で第二回証人尋問が行われた。法廷に姿を現した、教頭に口止めされたという元柔道部員は、青いトレーナーにジーンズをはいた色白の少年だった。

「良心に従って真実を述べ、偽りを述べないことを誓います」

法廷内にいる全員が起立した中で少年の宣誓の言葉が響き渡る。

職業上、何度も同じ場面に立ち会っているはずの裁判官も、その間は背筋をピンと伸ばした姿勢を一切崩そうとはしない。あらためて法廷という場の厳粛さを感じる。

宣誓が終わると、まず少年は、原告側の弁護士の質問に答え、事故の一か月前に起きた少女の頭の怪我について、柔道部の顧問の教師はまったく部員たちに注意も説明も行わなかったと語った。

そして、証言は事故の後の学校側の聞き取り調査に関するものに及んだ。

「この事故が発生した後、須賀川一中の先生から事情を聞かれたことはありますか」

「はい、事故の、次の、次の日です」

次の、次の日、とは、事故が起きた二日後、との意味だ。

少年の証言によれば、事故当日練習に参加していた生徒を全員集めて、校長や教頭を始め複数の教師のいる中、聞き取りを行ったという。しかし――。

「その時、十月十八日の出来事について本当のことを言いましたか」

「いいえ」

「どうして本当のことを言えなかったんですか」

「部長が目の前にいたからです。（話をすれば）いじめのターゲットにされるかもしれないから話せませんでした。他の生徒も同じようでした」

学校による最初の聞き取り調査の際に、事故についてその原因が「部長による暴力にある」と話した生徒はいなかったというのである。

ところが学校は、再び生徒たちに事故について聞き取り調査を行った。

「次の年になってから再度、また学校の先生から事情を聞かれましたか」

「はい」

「再び事情を聞かれたきっかけは」

「少女の両親と弁護士さんが（事故の聞き取り調査など）行動をおこしたので『学校も焦っているんじゃないの』と生徒の間では話していました」

事故後、学校は教育委員会に対し事故報告書を提出。その中で少女は部活動の練習中に休憩を取っていて倒れたことになっていた。

報告書には少女が頭に大怪我を負う原因となるような事柄は一切、記載されておらず、学校側は少女の怪我の原因については不明であると、少女の両親に対し一貫して答えてきた。

ところが、時がたつにつれて、部長だった少年による暴力の存在が生徒や保護者の間で噂となって広まり、事故から約四か月後の二〇〇四年二月、少女の両親は事故当日現場に居合わせた柔道部員とその保護者に集まってもらい、独自の聞き取り調査を行っていた。

「あなたが再び事情を聞かれたときは、あなた一人に聞かれたのですか」

「はい」

「あなたに話を聞いたのは誰ですか」

「教頭です」

少年が改めて事情を聞かれたのは、少女の両親が独自に聞き取り調査を行った四日後のことだった。少年に話を聞いた教頭は激しく声を荒げたという。

「その時あなたは、事故当日のことについて本当のことを話しましたか」

「はい」

「そういう話をした時に教頭の反応はどうだったの？」

「机などを強く叩いて、何ていうか『何でいまさらそんなことを言うんだ』というようなことを言われました」

「怒られた？　どう思った？」

「表に話すな、という感じを受けました」

少年は教頭に事故当日の様子を語る一方、日ごろの部長の好ましくない素行についても話したという。その時の教頭の反応を少年は証言する。

「部長が部活停止になったら試合で勝てなくなる。『勝ちたくないのか』と言われ、教卓とか黒板を叩きました」

「須賀川一中の柔道部の活動のために、あまり大ごとにはしたくないということですか」

「たぶん、そうだと思います」

机や黒板を叩き声を荒げる教頭に少年は教室の中で怖くて泣いてしまったという。

「圧力を受けたと思っている？」

「はい」

「学校側としては、もう一度聞きただした段階で、ある程度、少女の事故についておかしいと思ったことは事実ですね？」

「はい」

少年の口調は、極めてはっきりしている。

（ものすごく、しっかりとした、受け答えだ……）

傍聴席で少年の証言を聞いていた井ノ口は思わず、メモをとるためボールペンを握っている手に力を入れてしまった。

裁判所の雰囲気は、大人でもプレッシャーを受けるほど、独特なものがある。

そんな中、少年は物おじすることなく、弁護士の質問に答えていく。井ノ口は感心してしまった。

教頭から口止めされた少年に対しての調査に前後して、学校側は他の部員にも改めて事故の状況を聞き取っている。

そして、十一人の部員のうち、五人から部長が少女を投げたと聞きだしている。

だが、中学校は、少女の怪我の原因は不明、との見解を取り続けた。この裁判でも、少女は中学入学前から、頭に怪我があり、部活動中に何らかのきっかけで再発したとの「原因」を訴えている。そして部長は少女に「暴力」を振るっていないという主張を変えようとはしないのだ。

少女の両親が、この裁判において、事故後の学校側の不誠実な対応に対して請求している慰謝料は、全体の額から見ればほんの僅かなものだ。

しかし、両親にとっては学校が校内で起きた事故について真相を究明することなく、逆に隠蔽を図っているかのような行動をとることは断じて許せないものだった。

「子供たちが学ぶ教育現場がこのままでいいわけがない」

今回の少年の出廷、証言には、少女の両親のそんな思いもこめられている。

法廷では続いて被告側の弁護士による尋問が行われた。まず、柔道部で、元部長の少年がどんな活動をしているのかが質問された。

「少年が部長になってから『部活動の練習がルーズになった』と（あなたは）言うが、具体的にはどういうことですか？」

「着替えをするときとかダラダラしたり……」

「同じ同級生として『ダラダラするな』と言えなかったのですか？」

「言えるわけがありません。いじめのターゲットにされるからです」

教頭に口止めされた元柔道部員は、部活動中に部長から日常的にいじめられてきたことを語った。

「どんないじめを受けていたんですか？」

「練習が終わったあと、殴る蹴る、とか」

「具体的にどう、殴る蹴るされたんですか？」

「例えば『柔道場の真ん中に座れ』と言われて、座ると蹴られたり、抵抗するとハブ（村八分）になりました」

証言によれば、部長は練習中に勝手に一人だけ休み、道場でパイプいすに座って、他の部員に練習を指示したりしていたという。

裁判を傍聴していた井ノ口には、事故発生当時の柔道部内の様子が容易に想像できた。

（いじめっ子で、柔道も強かった少年は部長に指名され、自分が柔道部の中で一番偉いと思っていたのだろう。名門である一中の柔道部を強くしたいという気負いもあったのかもしれない）

だが、証人の少年は、部長は少女に対し「日頃から暴力を振るっていたわけではない」と指摘した。

少年によれば、部長は受身すらうまくできていなかった少女を鍛えようと、他の部員よりも厳しく柔道の指導をしていたという。

そして、そのような部活動の状況の中、事故は起きた。

「少女が大怪我をして寝たきりになったが、この事故の発生について学校側に言いたいことはないんですか」

元部員は原告側の弁護士からの質問にこう答えた。

「部長が望んだことでも、望まないことでも、部長は少女をどうにか強くしたいと思っていたと思う。だが、こういう事態になったので、学校と部長は少女に謝ってほしい」


元柔道部員の少年に対する証人尋問は約一時間で終わった。

法廷から少年が退廷すると、井ノ口の横で傍聴していた、リポーターの井口が席を立った。

事前に打ち合わせていた通り、裁判所から帰る元柔道部員の後を追いかけ、ぶら下がりのインタビュー取材を申し込むためだ。

(井口さん、よろしくお願いします)

法廷では少年に続いて、当時の柔道部の顧問に対する証人尋問が始まっている。

井ノ口はその証言を間違いがないようにメモを取らなければならない。席を外すわけにはいかないのだ。

法廷内での少年の証言だけでは、分かりづらかった部分を含めて、是非とも少年へのインタビューは撮影しておきたかった。それにはリポーターの井口に頑張ってもらうしかないのだ。

井口はカメラマンと音声さんを引き連れ、裁判所の外で、少年と少年の母親に声をかけ、インタビューを申し込んだ。

少年と母親の二人は、顔を撮影せず、音声を変換するという条件で応じてくれた。

柔道部で経験した辛い記憶を呼び起こしたためか、少年は時おり、辛そうな声になった。

「練習の中で、やっぱり部長の日ごろの行いというか、行動に問題がありすぎて……。荒いんですよ、不良だから」

「部長は、どんなことをやっていたんですか？」

井口は少年の気持ちを察し、優しい声で質問をする。

いつもの熱血漢とは正反対のキャラクターで接するところに、リポーターの力量が現れる。

「柔道にかこつけての暴力ですよ」

「あなたは殴られたことはありますか？」

「あります。蹴られたこともあります」

「抵抗は、できないもの、なんですか？」

「できないです。抵抗したところでもっとひどい目にあうだけです」

少年の語り口がぶっきらぼうなものになる。やはり思い出すには辛い出来事なのだろう。

そしてインタビューは、部長と少女の「間柄」に移る。

「やっぱり部長は、少女に厳しすぎたんじゃないかと思う」

部長はなかなか上達しない少女を強くしようと、特別に厳しく指導していたというのだ。

「グッタリするまでといったら言いすぎだとは思うが、厳しい。だって少女が強くなることで当時の須賀川一中の柔道部の女子は、県の中でもかなり上までいけるような存在になったと思うし、そういう面で部長が少女を強くしたいという意思はかなりあったと思う」

少女は同級生をはるかに上回る身長に恵まれていた。

しかし運動神経はお世辞にも良かったとは言えなかったという。柔道部を強くしたいと考えていた部長の目に少女はどのように映っていたのか。

「イライラして投げた」

部長は法廷で、事故当日に少女を投げたときの心境をそう語っている。

少女が柔道部に入部してから半年。一向に上達しない少女に部長は、ある種のもどかしさを感じていたのかもしれない。

そんな中、少女は一回目の入院に見舞われる。

二〇〇三年九月、やはり部長に投げられ、頭を強打し脳内出血で入院したのだ。

退院後、体調をみながら練習を続けていたが、その怪我、入院の事実について、顧問の教師は部員に一切、知らせなかった。

そして、事故の当日。

部長の少年は、足を怪我して、休憩していた少女を目にする。

サボっていると勘違いし、何度も少女を投げた。

法廷での証言を基に、事故の内容をまとめると、このようなものになるだろう。

元柔道部員は学校による隠蔽工作についても語った。

リポーターの井口が「教頭に怒鳴られたことはありましたか？」と質問する。

「はい、あれは本当に街中の不良に絡まれるような感じです。そこら辺のヤクザの方が、タチがいいんじゃないかと思うぐらいですよ」

「そのときの教頭の顔は覚えていますか？」

「鬼のような形相でした」

元柔道部員の少年は、明らかに事故の口止めをされたと語った。

「なぜ隠すのか、その意図は（結局のところは）分からないけど、口止めされました」

「学校や教育委員会は、この事故が本当に明確になるように努力したと思いますか？」

「いや、隠そうとしましたね」

「教師として、そんな教頭たちのことを、どう思いました？」

「最悪ですね。（教師というより）人間として失格なくらいじゃないですか」

少年はインタビューの最後に、部長についてこう付け加えた。

「部長をあまり責めないでやってください。部長もある意味では被害者なんですよ」

中学校時代の話とはいえ、少年はかつて自分をいじめていた相手に対し、気の毒に思っていることをあかした。

そこには、五年が経過し、確かに成長した少年の内面が見受けられた。

一方、法廷に残り、柔道部の元顧問の教師に対する証人尋問を傍聴していたディレクターの井ノ口は、頭を抱えていた。

(何が言いたいのか全く分からない……)

柔道部の顧問を務めていた教師は、既に須賀川一中から離れ、県内の別の中学校に勤務していた。井ノ口たち取材クルーは自宅を訪れ、取材を申し込んでいたが、家族に断られていた。残念なことに、取材を拒否された相手。当然ながら、ディレクターにとっては、顧問の教師がどのような証言をするか、否が応でも高い関心を持つことになる。

ところが、教師は弁護士どころか、裁判官の質問に対しても、即答することはほとんどなかった。

落ち着かないのか、視線をきょろきょろさせ、長く沈黙を続けることも珍しくない。

井ノ口は、必死にメモを取り続けた。だが、ボールペンを動かしながら、元顧問がどのような主張をしたいのか、理解することは難しかった。

原告、被告双方の弁護士が質問を終えると、裁判長が「九月の事故(少女の一回目の怪我)を受けて、部員に注意をしましたか?」と声をかけた。

元顧問は小首をかしげながら「引き手の注意をしました」と答える。

柔道では投げ技をかける際、相手の袖を摑んで引っ張る手を「引き手」という。この引き手は、技をかけ終えても、必ず放してはならない。なぜなら、そうしないと相手を放り投げることになってしまい、相手の体勢が崩れ、受身が取りにくくなってしまうからだ。

井ノ口は一瞬、少女が受身を取れず、頭を強打したことを受けて、顧問としてきちんと注意を与えたことを主張しているのかと思った。

ところが、裁判長が「(少女の一回目の)怪我を踏まえた注意はしていないんですか?」と質問を重ねると、「引き手はいつも言っていることですから、同じことになってしまう……」と言い淀《よど》む。

裁判官も「今回(少女が)怪我をしたから注意しろと、特別に言ったとは聞こえないのですが」と更に質問を重ねると、ようやく「(少女の)名前を挙げては言っていません」と聞き取りづらい声で答える。

万事がこんな感じだった。

どのようなやり方で証言してもいいとはいえ、元顧問としての主張を感じ取ることは難しかった。しかも、顧問が少女の一回目の怪我の後、部員に一切説明も指導もしなかったことは、この裁判から約一年半も前に、教育委員会による再検証報告書で、はっきりと記されているのだ。

ため息を連発する井ノ口だったが、思わず笑顔を見せた一幕もあった。

リポーターの井口が少年へのインタビューを終え、元顧問への証人尋問の途中で戻ってきた。熱心にメモを取るディレクターの横に腰を下ろしながら、満面の笑みを浮かべ手でOKサインを出して見せた。

(井口さん、少年のインタビュー、約束できたんだな……)

オンエア上、重要なパートとなるのは間違いなく、井ノ口はほっとした。

そして、法廷が休憩に入ると、ディレクターの井ノ口は、リポーターの井口に「後で（少年の）自宅へ行く形ですか？」と確認を求めた。

ところがリポーターは「もう撮ってきちゃいました」と笑う。

ディレクターも「もう撮ったんですか」とつられて笑顔になった。リポーター井口の、証言を「撮る」力を見せつけられた瞬間だった。

次に少女の母親が証言台に立った。

母親は、中学校入学前に少女が頭に怪我をしたことはないこと、一回目の事故で、元顧問と共に病院に行った様子について詳しく語った。

井ノ口から見て、母親は怒りを必死に抑えているように見えた。元顧問の証言に納得がいっていないのは明らかだった。

弁護士は母親に対し、元顧問の証言についての感想を求めた。

「顧問の先生の話を聞いてどう思いましたか？」

「すべてに嘘があると思います」

母親は強い口調で、しっかりと断言した。

この日の裁判は午後五時前に終わった。ディレクターの井ノ口と、リポーターの井口が裁判所の外に出ると、既にあたりはうす暗くなっていた。

「井口さん、どうしますか。一応教頭の家に行ってみますか？」

「うーん、そうですねえ。行きましょうか」

実はこれまでにも教頭の自宅へ何度も取材に足を運んでいた。

しかし、二年以上に及ぶ取材の中で、一度も教頭本人と会えたためしがなかった。

かつて校長の出勤時を狙ったように、早朝に自宅前で教頭を待っていたこともあった。それでも教頭は姿を現さなかった。この日も井ノ口はいつも通りに教頭の自宅から三十メートルほど離れた場所に取材車を止めさせ、リポーターの井口と共に、すっかり暗くなった新興住宅地内の道路を、半ば諦めの気持ちを抱いたまま、教頭の自宅へと向かった。

ところが、インターフォンを鳴らし「すみません、テレビ朝日ですが、夜分おそれいります」とリポーターの井口が、駄目もとであいさつすると、しばらく間をおいて玄関のドアを開ける音が聞こえたのだ。

ガチャ！

なんと、教頭本人がドアの向こうから姿を現した。

更に驚いたことに「取材に応じる」と言うではないか。

「あっ、ちょっとすいません、井口さん、話はしますから、ちょっとカメラだけは……」

教頭はスーパーモーニングを見ているのだろうか。なぜかいきなり初対面のリポーターの井口に「井口さん」と呼びかけてきた。

取材拒否されると思っていたディレクターの井ノ口は一瞬、拍子抜けしたものの、教頭本人に話を聞けるような機会は今後ないかもしれない。たちまち気合を入れ直した。

教頭は、顔を撮るのはやめてほしいと言う。正直なところ、条件を受け入れるのは我慢が必要だったが、教頭の要望通り、カメラをあさっての方向に向けさせ、音声だけのインタビュー取材を行うことに同意した。

そして、生徒を恫喝し、口止めしたと言われている教頭へのインタビューが始まった。

まずはリポーターが、ストレートに質問する。

「教頭先生は事故の後、生徒に口外しないように口止めをしたと言われていますが、口止めをしたんですか？」

「口止めしたっていうのは、私自身そういうことは一切した記憶はないんですよ」

「裁判で、当時の部員で教頭先生と話をした生徒が証言したんですが、教頭はかなり怖かったと、大声で怒鳴られて教卓を叩いて、事故のことは言うなと……」

「それは言った覚えはないです」

井口の質問を、教頭は完全に否定した。そして元柔道部員から聞き取りをした当日のことを語りだした。

「多分それは二月のときだったんですよ。その生徒と話はしました。それで確かに私は怒りました。というのは、生徒から（事故直後）十月の段階で話を聞いて事故報告書をまとめました。そしてそれを学校長に見ていただいて、了解を得て、市の教育委員会にあげますよね。その後、実はいじめがあったんじゃないかという話が出てきて、それでもう一度、先生方に協力していただいて、再調査を始めたんです」

教頭の説明は非常に滑らかで、ディレクターの井ノ口は少し驚いた。一方、リポーターの井口は、質問を重ね、証言を促す。

「最初の聞き取りでは、事故の原因なんて何もなかった、と生徒たちは答えたんですよね？」

「そうそう、それで男の子に話を聞いたら『実はあれは嘘だったんです』という言葉が出てきたんです。それでビックリして」

「『嘘だった』と、生徒が言ったのは何のことですか？」

「要するに、十月の段階で事故があった直後に、教職員は現場にいなかったので、現場にいた生徒たちに、どういう状況だったか話を聞いたんですよ。その内容が嘘だったと言うんです」

そして教頭は生徒を怒鳴ったことを認め、その経緯についても話した。

「私たちは十月の段階で事故報告書を出してますよね。その内容に関しては当然、生徒たちを信じてますから、事実だと思って記録をまとめているわけですよ。それを（年が変わった）二月の段階で聞いたら『教頭先生、実は嘘だったんです』という話になった。それで僕は大変なことになるよって言ったんです。大変なことになるっていうのはどういうことかと言うと、要するに、もし（事故の原因なんて何もなかったという証言が）嘘だということになって、いじめがあったとか、そういうことが本当のことになれば、報告書が嘘になるわけですから、その意味で大変なことになるよっていうことを話しました。それで僕は机の上を叩いたと思います。ドーンと……。僕も興奮したんですね」

教頭は確かに机を叩きながら生徒を怒ったことを認めた。

生徒はそのとき泣き出してしまったという。そして教頭は「そんな行為が恫喝と言われるなら仕方がない」とも語った。

教頭は怒った理由について、生徒が嘘をついたからだと主張する。

それは事実なのだろう。

だが、聞いている井ノ口には、生徒が嘘をつき、事故の正確な原因把握が遅れた、などと注意したというより、自分が作成した報告書が「嘘」と捉えられ、経歴に傷がつくことを恐れているように感じられた。

リポーターの井口は、質問を続ける。

「教頭は生徒に『何が本当のことなんだ』って聞いたんですか?」

「聞きました。(少年は)『部長がいじめたんだ』と言ってました。『部長が投げたんだ』って言ったんですよ。『どういうことなの?』って聞いたら、部長が叩きつけたんだ、いじめなんだ、と」

井ノ口は教頭とリポーターのやりとりをここまで黙って聞いていた。

しかし、どうしても納得がいかないことがあり、横から質問を飛ばした。

「教頭先生は、その生徒さんから話を聞いたと言いますけど、それでは何故その生徒さんの話は、その後二度目に出した事故報告書の資料に載っていないんですか?」

中学校が作成した二回目の報告書。ここには、教頭が恫喝したとされる生徒の証言は一切、記録されていない。

校長に対し、学校で音声インタビューをした時は問わなかった疑問を、ディレクターは今ここで、教頭に尋ねてみた。

「あーっ……。ちょっと待ってくださいよ……入ってないですか?」

「何故入ってないんですか?」

教頭は言葉に詰まった。

「教頭先生が『本当のことを言え』と生徒さんに言って、生徒さんが答えたんですから、その内容が報告書に反映されないということはどういうことなんですか？」

「あのあと、話を聞いた後、校長に伝えた記憶はありますね……。その内容を『生徒はこういうことを話しています』と……。俺が（報告書を）作って、最終的に校長に出したんですけども、確かにそう言われればそうなるんでしょうね」

教頭から明確な答えは返ってこない。生徒から証言を得ておきながら、報告書から割愛したとなると、これはもう明白な隠蔽工作だ。リポーターの井口が、嫌味たっぷりに付け加える。

「おかしいですね～。生徒に聞いたんだから、記録として残されるべきですよねえ～」

さらにリポーターは、口止め工作について追及する。

「二年生の男子生徒は教頭先生から『なんでそんなことを言うんだ！　そんなことを言ったら大会に出られなくなるぞ』と言われたと証言しています」

「そんなことは一言も言ってません」

「生徒本人は法廷で証言しています。その証言は嘘だというんですか？」

「私はそんなことは一言も言っていない。言ってない」

「事故のことを他の人に話をするな、とかは？」

「言いません。言ってません。そんなことは一言も言っていない」

ディレクターの井ノ口も質問する。

「少年が法廷で嘘を言っているというんですか！」

すると教頭の態度が一変した。

「けんか腰は止めましょうや、そんな話し方をするなら、もう取材にお答えできません」

「別に、けんか腰にはなっていません」

「止めましょうや、もうお断りです」

教頭の答えに、井ノ口は焦った。

（まずい、質問が詰問調だったのか？……）

あくまで丁寧な言葉づかいを心がけていたつもりだったが、相手を不快にさせてしまったかもしれない。

「けんか腰ではないです。ちゃんと、ですます調を使っているじゃないですか」

横から、リポーターの井口がフォローを入れる。長年、取材を共にしてきて、こうしたところでディレクターとリポーターは瞬時に反応して助け合い、なんとかインタビューを前に進めようとする。

（井口さん、すいません……何とかインタビューつなげて……）

ディレクターの井ノ口は、リポーターの井口に全てを託した。

「分かりました。僕はもう質問しませんので」

教頭はいったんは玄関の中に引き返そうとしていたが、ディレクターが声をかけると、再びリポーターの井口の質問に答え始めた。

井口は、信じられないほど柔和な口調で話しかける。異常なほど気を使っているのが、ディレクターの井ノ口には痛いほど分かる。

「その、生徒さんは、法廷で、嘘を言っていると、お考えでしょうか？」

「そうなるんでしょうね」

教頭は、元柔道部員の証言について、偽証の可能性もあるとした。

何もしゃべることのできない井ノ口は、心の中でつぶやいた。

（あの少年が、裁判で偽証しても、何の得にもならないと思うのだが……）

井口が粘り強く取材を続け、質問することはなくなった。

「じゃあ、失礼します」

リポーターが礼を言い、ディレクターの井ノ口たちスタッフ全員が車に戻ろうとした。

一度は家の中に入ろうとするほど、取材クルーに不快感を持った教頭だったが、リポーターの井口の態度には好意を持ったようだった。

「井口さん、ちょっと待ってください」

何と、教頭はリポーターを呼びとめた。

「何ですか？」

井口が門に戻ると、教頭は愚痴をこぼし始めた。犯人は不明だが、自分に対する嫌がらせが頻発していることを切々と訴える。

時間は午後七時を回っている。

福島県の緯度にもなると、相当に寒い。

リポーターの体は、自然に震えてくる。内心では悲鳴を上げるものの、ここまで取材に協力してくれた人を、むげにするわけにもいかない。

井口は、およそ一時間、門の前に立ち続けた。

「長かったですね！」

ディレクターは車に戻ってきたリポーターに声をかけた。

「放してくれなくてさ、愚痴をいっぱい聞いたよ」

井口は苦笑いしながら席につき、車は東京へ戻っていった。

井ノ口は煙草を吸いながら、教頭のインタビューを思い返していた。恰幅のよい体、意志の強そうな表情……。

少なくとも教頭は、机を叩いたことは認めた。まさにスポーツマンのような体形の大人、しかも学校の管理職にそのようなことをされたら、少年はさぞかし怖かっただろうと想像した。

少女の両親が起こした民事訴訟は、この日をもって証人尋問を全て終了した。

原告側の両親、そして被告側の部長、須賀川市、福島県、これら四者が最終準備書面を提出し、年の明けた二〇〇九年一月一六日に結審を迎えた。

第九章 地裁判決

二〇〇九年、三月十八日。

折からの暖冬の影響か、その日はとても暖かい一日だった。下関、岐阜では平年より十一日も早くソメイヨシノが開花。少女が住む須賀川市でも最高気温が十八度を超えた。

少女が自宅から姿を見せたのは午前九時を少し回ったころだった。いつものように介護のヘルパーさんに付き添われ、移動用の車いすに乗って明るい太陽の日差しを浴びた少女は、まぶたを閉じてはいるものの、少しまぶしそうな表情を浮かべていた。

そして、自宅に設けられたコンクリートのスロープを少しずつ進んでいく車いすの後ろには、明るい笑顔を浮かべる少女の母親の姿もあった。

ディレクターの井ノ口は、上下黒の外出用のスーツを着た母親に声を掛けた。

「良かったですね。いい天気で」

「本当に今日は暖かくてよかったです」

井ノ口は、そんな会話を交わしながら、少女と母親が乗り込んだ車が出発するのを見送った。

その日、少女は卒業式を迎えた。

少女は中学校を卒業後、須賀川市の隣街、郡山市にある養護学校に入学していた。意識不明のまま、自宅で寝たきりの少女に対して学校は、週に数回、訪問授業という形で教師を派遣。ベッドの傍らで本を読み聞かせたり、楽器を少女の手でじかに触れさせ、ギターの弦を弾かせたりするなど、刺激を与える個別指導を行ってきた。

そんな授業の効果もあり、少女の容態は事故直後からは考えられないほど回復を見せ、呼びかけや、食べ物の匂いなどには明らかな反応を見せるまでになっていた。

手足を動かし、顔の表情を変え、周囲の呼びかけにこたえる少女。その姿は、目は開かず、言葉も話すことはできないけれども、しっかりとした意識があるように見える。

二〇〇七年十一月には養護学校の同級生たちと共に、飛行機で関西方面への修学旅行にも参加し、大阪の通天閣やユニバーサル・スタジオ・ジャパンを見学した。普段の自宅での生活では得られない新鮮な雰囲気を楽しむこともできた。

そんな思い出の詰まった学校の卒業式。当日、少女は卒業式のため黒いショールを肩にかけ式典に臨んだ。

福島県立郡山養護学校の卒業証書授与式典が午前十時から体育館で開かれた。

会場には生徒たちはもちろん教職員、保護者、来賓の人などが二百人以上は詰めかけているようだった。

高等部の卒業生の列の一番後ろで、少女は車いすに乗り、付き添いの教師と共に名前が呼ばれるのを待っていた。少女の顔色はとても明るく、体調も良いのだろうか、今日は咳ひとつしない。

少女の母親はそんな娘の姿を、一番後ろの保護者席で見守っていた。少女との距離は約五十メートル。前に座る保護者の頭の隙間から、何とか娘の姿を捉えている。その表情はどこか心配そうだ。

小学部から始まり、中学部、そして高等部……。

次々と卒業生たちが名前を呼ばれ、卒業証書を受け取っていく。

そんな子供たちに拍手を送りながら、娘の名前が呼ばれるのを今か今かと待つ母親。その表情は口元に微笑をたたえながらも、少しずつ硬くなっていくのが分かる。そして……。

優しそうだが貫禄のある校長に名前を呼ばれ、車椅子に乗った少女が体育館の中心に進み出た。

「卒業おめでとう」

校長はそう声を掛け、卒業証書を手渡した。

その瞬間、意識がないはずの少女の手がぴくん、と反応するのが、体育館の端の方から取材していた井ノ口の目にもはっきりと見て取れた。

(やっぱり分かっているのかな……)

証書を授与される瞬間を見ていた母親は、涙があふれてくるのをこらえようと必死に努力しているようだった。しかし、卒業生代表の生徒がお礼の言葉を述べ、卒業式の歌として「旅立ちの日に」のメロディーが流れ始めると、もう母親は涙をこらえきれなくなっていた。井ノ口は初めて、母親がぼろぼろと泣く姿を見た。

今　別れの時
飛び立とう　未来信じて
はずむ若い力信じて　この広い大空に

障害を持ちながらも精一杯に歌う生徒たち。そして、それをサポートするかのように優しい歌声を響かせる教職員。意識がないはずの少女も、曲のさびの部分に差し掛かると、自らの口を大きく開けていた。

式の終了後、井ノ口は母親にインタビューを行った。カメラの前で母親は、娘とのこれまでの生活を振り返った。

「事故の日、娘が病院に運ばれてドクターに『娘さん残念だけど助からないよ』と言われて覚悟を……。（しかし）こうやって生きて高校の卒業式を迎えられてほっとしています。だけどやっぱり娘に普通の女子高生の制服を着せてあげたかった。高校の制服姿で走ってくる娘の姿を一目でいいから見たかった……」

「事故から五年半経っているけど、まだ娘が意識不明で寝たきりだという、そういう現実を受け止められないでいる自分がいるんです。娘の目が覚めて再び普通の生活に戻れるかもしれないという気持ちから抜け切れていないんでしょうね」

そして、間近に迫った民事訴訟の判決についてこう語った。

「悔しい思いもたくさんあるんです。こういう生活になってしまったことに今も納得ができないんです。でも、もう少し時間が経てばきちっと納得できるようになるかもしれません。その辺の気持ちが、裁判の結果とかで少しずつ変わっていくかもしれないですけど……」

少女の母親はそう語ると寂しそうな微笑を浮かべた。


三月二十七日。

卒業式の九日後、ついに民事訴訟は判決の日を迎えた。

その日、井ノ口は午前七時にテレビ朝日本社に出社。当日の新聞に目を通しながら他のスタッフの到着を待った。

井ノ口は今回、二人の若手ディレクターをロケに同行させるつもりだった。

全国ネットのキー局で、この民事訴訟を継続取材しているのはテレビ朝日だけだ。とはいえ、判決ともなれば、普段より傍聴希望者が増えることが予想される。抽選の倍率が上がるのは必至で、まずはそれに対応する人手が必要だ。

また、何かの拍子に混乱が起きてしまうと、撮影対象者を撮り逃してしまう恐れもある。井ノ口は自分も含めて三人のディレクターで、判決を徹底的に取材するつもりだった。

井ノ口がスタッフルームに到着してまもなく、ディレクターの高崎がやってきた。かつて教育長の自宅の前で直撃取材を試みたものの、失敗したディレクターだ。高崎は他の事件を追っているから、井ノ口に協力する義務はない。だが自ら志願して、今回のロケに参加することになった。

次にやってきたのはリポーターの井口。

「おはようございます！」

スタッフルーム中に響き渡るような挨拶。井口も今日は気合が入っている。

「井口さん、おはようございます。いよいよですね」

井ノ口は第一回の放送から共に協力し、取材を続けてきたリポーターと目を合わせる。そして、互いの気持ちを確かめあった。

リポーターがディレクターに問いかける。

「井ノ口さん、今日はどんな判決になりますかねえ……」

「まあ、少女側が負けることはないと思うんですけど……。やっぱり証人も立ったことだし……」

井ノ口が半ば希望をこめて答える。

そうこうするうちに出発時間が近づいてきた。しかし、あと一人、新人ディレクターが現れない。井ノ口は少し、苛々《いらいら》してきた。

出発十分前、ようやく件《くだん》のディレクターが現れた。

岡部陽介。二十七歳。

生まれは奈良県。横浜国立大学を卒業し、興味のあったテレビドキュメンタリーの世界に関わりたいと、この業界に飛びこんできた。井ノ口と同じ外部ディレクターだ。

井ノ口にとって岡部は、いつまでたっても成長してくれない困った後輩だ。どうも今一つ、柔軟性と気配りに欠けるところが気にかかる。

テレビ番組の制作現場は、上下関係が意外に厳しい。

ロケの現場では、年少スタッフは誰よりも先に会社に来て準備を終わらせる。食事は一番最後に食べ始め、一番早く食器を空にして、精算を済ませる――それが「常識」の世界だ。

ところが岡部は残念ながら、そんなことにはまったく気が回らないタイプなのだ。


午前八時三十分、テレビ朝日を出発。

井ノ口はスタッフには悪いと思いながらも、この日はコンビニで軽食を買うこともせずに、須賀川に向かってもらうことにした。

裁判が始まるのは午後三時からなのだが、少女の両親は昼前に自宅を出ることになっていた。これまで応援してきてくれた支援者や、2ちゃんねるで事件を知り、折り鶴などを送ってくれた人たちと昼食を共にするという。

井ノ口は、両親が自宅から出る姿を撮影し、現在の心境をインタビューしたいと考えていたこともあり、なるべく早く須賀川に到着しておきたかった。

「ごめん、須賀川で撮ったら、すぐに昼飯にするから、急いでくれ」

車は一路、北へ向かった。

カメラマンや音声さんを加え、この日のスタッフは総勢七人。車内では初めてロケに参加するディレクターの岡部が一生懸命、リポーターの井口に事件のことを質問していた。岡部のあだ名は「つるりん」。その由来は「脳みそつるつる」だ。

リポーターの井口は優しく、「つるりん」に対し事故の経緯を最初から説明している。

(今日まで続いた長い取材を整理するのに苦労しているようだ……)

井ノ口の顔に苦笑が浮かぶ。

だが、しばらくすると、ディレクターの思考は判決のことで埋め尽くされていった。どんな主文となるのか、事実認定はどうなるのか、何度も何度も考える。若手ディレクターの存在は綺麗に頭から消え去った。


午前十一時二十分。少女の自宅前に車が到着した。

だが、少女の両親は外出中だった。どうやら買い物に出かけているようだ。

父親の携帯電話に連絡すると、もうすぐ自宅に帰るという。井ノ口は車の外に出て二人の帰りを待つことにした。

天気は快晴で日差しはあるものの、強い北風が吹いている。寒さに震えつつ待っていると、ようやく両親が車で帰ってきた。

「おはようございます。今日は宜しくお願いします」

井ノ口は挨拶をして、取材の段取りを打ち合わせする。

数分後、両親はいったん自宅に入り、身支度を整えてから、あらためて玄関に姿を現した。

「おはようございます」

今度はマイクを持ったリポーターの井口が声を掛ける。

「いよいよ判決の日を迎えましたけど、今日はどんな想いで、朝を迎えられましたか?」

年度末ということもあり、最近は仕事に忙しかった父親が答える。

「事故からもう六年近くになりますが、やっと今日決着がつくのかなと……」

母親もしっかりとした口調で言葉を続ける。

「できれば娘にもいい結果を報告できるような判決が出ることを期待しています」

事故が発生し、意識不明のままの娘の介護を必死で続けてきた両親。リポーターは裁判所へと向かう車に乗り込む父母へ、思わず声をかけていた。

「いい結果が出るように祈っています」


両親を見送った取材クルーは、いつものように市内のファミレスで昼食。そして傍聴席の抽選券を受け取るために早めに裁判所に向かうことにした。

午後二時十分。福島地方裁判所郡山支部に到着。

すでに傍聴希望者が何人も抽選券の配布場所に指定されている待合室に集まっていた。

(今日はどのぐらいの倍率になるのだろうか……)

井ノ口は少し不安だった。

記者クラブ所属のマスコミが使う記者席は全体の約三分の一を占めている。そして残りが一般の傍聴席だ。リポーターの井口はもとより、ディレクターの井ノ口も是非、判決をじかに聞いてみたかった。いや実際に法廷に入り、その目で観察しなければ、ディレクターの仕事に差し障りがでてきてしまう。

そんなことを考えていると、少女の両親が姿を現した。待合室にいる多くは支援者だ。両親はあちこちで挨拶を交わし始め、それがひと通り済むと、父親が井ノ口のほうに近づいてきた。

「どうも今日の判決は一分で終わるそうです」

その表情に不安の色が見える。両親の請求が一言で棄却されることを心配しているのだろう。

しかし民事訴訟の場合、裁判長は判決の主文しか読み上げない場合が多い。言い渡し自体は一分間だったとしても、どんな判決になるのかは分からない。

支援者の一人の女性が最中《もなか》を配って歩きだし、井ノ口のところにもやってきた。

「ひとつ召し上がりませんか？」

以前、やはり支援者からお菓子をもらった時、インターネットに「テレビ朝日の人がお菓子を食べていた」などと書き込みをされたが、井ノ口は素直にもらうことにした。

「いただきます」

少女の母親は待合室で笑顔を浮かべ、支援者たちとにこやかに話をしている。その一方で父親は部屋の端にある椅子に座り、黙りこくったまま一点を見つめている。

午後二時三十分。傍聴希望者の締め切りの時間になった。

集まったのは四十九人。すぐに裁判所の職員がパソコンを使い抽選を行った。

「それでは当選した方の番号を読み上げます。当たった方は抽選券と傍聴券の引き換えを行いますので並んでください」

次々と番号が読み上げられていく。

今回の倍率は二・三倍となった。井ノ口は極めてくじ運が悪く、これまでに当たったためしがない。一・二倍という最低レベルの倍率だった時ですら外してしまっている。

ところが、この日は違った。

「四十五番……」

（おっ、当たった！……今日はいい結果が出る予感がする）

非常に嬉しかったものの、待合室に控えている人々の多くは、井ノ口の顔を知っている。ディレクターはそれを意識して、努めて無表情を装いながら、傍聴券を引き換えてもらった。

結局、取材クルーは、七人で三枚の傍聴券を手に入れることができた。

ディレクターの井ノ口と高崎、そしてリポーターの井口は足早に、裁判所の三階にある法廷へと向かった。


午後三時ちょうど、黒い法衣を身に纏《まと》った三人の裁判官が入廷してきた。

法衣の黒は、他の色に染まらないことから、公正さを象徴する色とされている。

この日、地元テレビ局は法廷内の撮影を申請していた。判決が言い渡される前に約三分間、各テレビ局を代表して一台のカメラが法廷に入り撮影を行う。初公判の時より、世間の注目が集まっているのを、井ノ口は実感する。

事前に裁判所の職員から説明が行われる。

「これからテレビ局のカメラによる法廷内の撮影を行います。撮影されて差しさわりのある方は申し出てください」

自分の姿を映されたくない人は、撮影の間だけ席をはずすことができる。

すると、被告席にいた県、そして市の関係者が席を立った。しかも弁護士もその後に続いた。

被告席には誰もいなくなり、机の上には書類を包んだ風呂敷だけが、ぽつんと取り残されている。

（なんだ、これは……。はじめて見る状況だな）

井ノ口が驚くうちに、傍聴席からも失笑が起こる。

撮影の行われた三分間、原告である少女の両親は誰もいない被告側の席を、表情を変えることなく、ただまっすぐに見つめ続けていた。

「撮影終了しました」

カメラマンの声が法廷内に響き渡ると、被告席に関係者が着席。そしていよいよ判決が言い渡される。

「それでは、判決を言い渡します」

法廷内が静まり返る。

「主文、一、被告須賀川市及び被告福島県は、原告の少女に対し、連帯して、金一億五千二十六万二千五百二十二円を支払え……」

原告の一人である少女が請求していた賠償額は二億二千万円余り。判決で学校を管理する市と県に対し、その七割近くの金額を支払うよう命令したのだ。

(少女側の勝訴だ!)

井ノ口はその金額を聞き、少女側のほぼ全面的な勝訴を確信した。

それでも、喜びとか興奮といった感情が湧きあがることはなかった。裁判長が次にどんな言葉を発するか、意識を最大限に集中していたためだ。

更に裁判長は言葉を続ける。

「二、被告の少年は原告の少女に被告須賀川市及び被告福島県と連帯して、金三百三十万円を支払え」

裁判所は部長だった少年にも賠償命令を出した。そして……。

「被告須賀川市及び被告福島県は、原告の少女の両親に対し、連帯して、各金二百六十四万円を支払え」

市と県に対し、少女の両親に対する慰謝料まで損害賠償として支払うよう求めたのである。

（ひょっとすると、事故隠しに対する精神的慰謝料が認められたのかもしれない）

ベテランディレクターは、必死に判決の内容を吟味する。

一方、両親は裁判長が判決を言い渡している間、終始硬い表情を崩さなかった。笑顔は一度も見られなかった。

確かに、裁判長が喋っていることは、あくまで判決の結果を明らかにしただけだ。市、県、元部長の少年に、損害賠償の支払いを命じたのだから、勝訴したことは間違いない。だが、両親が求めていた事故の真相に関して、裁判所がどのような判断を下したのかは不明だし、おまけに学校側の隠蔽疑惑となると、結局のところは、認定されたかどうかも分からない。

両親は言い渡しが終了しても表情を変えず、弁護士から判決の内容について詳しい説明を受けるため、弁護士事務所へ足早に向かった。

一方の井ノ口は法廷から廊下に出ると、すぐに両親の支援者の一人から声を掛けられた。傍聴席に座れなかった多くの人たちが、廊下で待機していた。

「判決はどうなったんですか？」

「とりあえず、市と県に対して一億五千万の賠償を求める判決が出たので、勝訴と言っていいと思います。少年に対しても支払いを命じているので、暴力の存在が認められた可能性が高いでしょう」

井ノ口も、詳しい判決の理由は全く分かっていない。質問されても、はっきりとした結果は伝えられず、もどかしい想いがする。

リポーターの井口も同様で、どうにもすっきりしない、微妙な表情を浮かべることしかできなかった。

「岡部、悪いけど、系列の福島放送の本社が郡山市内にあるから、判決内容の確認をお願いしてくれ」

一刻も早く判決の全容を確認したい井ノ口は、後輩ディレクターの「つるりん」こと岡部を地元の福島放送に走らせた。

（学校の隠蔽工作まで言及しているかどうか……）

井ノ口が判決の中で最も重要視していたのは、まさにその一点だった。


判決言い渡しから約一時間後の午後四時。

裁判所から程近い、郡山市中央公民館で両親の会見が行われた。

公民館の中は多くの記者や支援者が詰め掛け、座りきれない状態だった。その後ろには六台のテレビカメラが並んだ。

二人の弁護士と共に会見場に姿を現した両親の表情は硬いままで、井ノ口は、判決の詳細を感じ取ることはできなかった。ディレクターはまだ、判決の全容を知らない。

会見は、弁護士の説明で始まった。

「判決は内容を検討しましたけれども、ほぼ全面勝訴と言って良い内容であったかと思います。ひとつは事故の具体的な発生状況……当時の柔道部の部長の行為に事故の責任があるのかないのか、ということが争点の一つでございましたけれども、判決は、この部長の行為以外には少女の頭部に強い外力を加えた可能性のある出来事は発生しなかったと認定しました」

やはり井ノ口の推測通り、少女が怪我を負った原因が、少年の暴力だと認められていた。

しばらくすると、福島放送からの情報がもたらされ、井ノ口も判決の詳細を把握することができた。

判決によると、部長は少女に対し、一方的に柔道の払い腰のような技を数回掛け、相当程度の強さで投げており、「このような部長の行為は、明らかに部活動における練習や指導の範疇を逸脱した暴行である」と認定していた。

そして、市と県の責任についても、厳しい判断を下していた。

裁判所が指摘した、学校側の安全対策の不備は次の通りだ。

①事故が起きる一か月前、少女が柔道の練習中に頭を打ち、脳内出血を起こして入院したことを顧問の教師は把握していたにもかかわらず、部員たちに説明も指導もせず少女を練習に復帰させ、具体的な対策をほとんど採らなかった。

②事故の二か月前に少年が部長になってから、柔道部の秩序を乱す行動をとっていたのに対処しなかった。

③顧問は日ごろから必ずしも練習に立ち会っておらず、部員の個々の技量に応じた安全対策を

講じていなかった。

裁判所はこれらに重大な過失を認め、学校側などの対応に対し「その危機意識の低さには、顕著なものがあったといわなければならない」との見解を示した。

判決の中には少女の両親についての過失に言及する部分もあった。それは両親が自らの判断で少女に対し柔道部への参加を差し控えさせるなどして、事故の発生を回避する選択肢をとることもありえたという判断からだった。

その上で裁判所は、学校の「支配領域内」で発生した事故については、学校側にこそ第一次的な発生防止の注意義務があるとして、学校を管理する市と県により大きな過失があると判断し、賠償命令を出したのである。

部長だった少年に対する賠償額は三百三十万円。この問題についても、判決では説明がなされていた。

少女が意識不明となる後遺障害をともなう怪我をしたのは、あくまで以前に受けた怪我の影響で脳の中の血管が切れやすい状態にあったためであり、健康な状態であれば部長により投げられただけでは発生しなかった。

その上で、部長の暴行を「相当程度の強度のものであった」と認定したものの「柔道技である払い腰を基本とする態様のものであって、その回数も数回にとどまり、通常であれば重篤な障害をもたらす程度のものであったとは考えがたい」と判断したのだ。

つまり、少年が暴行を加えたことに対しては慰謝料を払うよう命令しているものの、少女が意識不明という重い後遺障害を負ったことに関しては、少年が少女の一回目の怪我の状況を知らなかったということもあり、責任はないとの結論に達したことになる。

（この判決を少年はどう受け止めるだろうか……）

井ノ口の頭の中を少年の姿がよぎった。

ディレクターは取材を通し、これまで少年とは三回ほど会っている。

突然カメラを持ち目の前に現れたマスコミの人間に対し「取材には答えられません」と大人しく返事をする少年。

（少年はこの判決で、事故当日、自分が少女に対し行った行為を見つめなおすことができるだろうか。正直な気持ちで振り返ることができて初めて、少年のこれからの生活が開かれるのではないだろうか……）

少女の両親の会見が続く中、井ノ口は記憶に残っている、そんな少年の少し伏目がちな表情をぼんやりと思い出していた。

「一言で言えば、嘘が暴かれたということです。今日の判決の内容にはきちんと学校が事故隠しをしていたということを認めてくれたので本当に嬉しく思っています」

会見で少女の父親が力強く語りはじめ、井ノ口は我に返った。

両親が訴えていた、学校による事故の隠蔽疑惑。裁判所はディレクターの推測通り、隠蔽の存在を認めていた。

学校が二回にわたり作成した事故発生報告書について、判決は訂正箇所が多く、少女の母親が発言した覚えのない「柔道部、柔道部員の責任でもないし、学校の責任でもない」といった言葉が記載されていることなどを挙げ、内容、信用性に大いに疑問があると指摘した。

更に教頭が事故後、部員の一人に聴取を行った際、黒板を叩くなどした「威迫行為」についても、教頭の主張は矛盾しているとしか言いようがないと一蹴。「校長ら中学校の管理職は、事故について責任逃れをしようとした疑いが強く、この点は慰謝料の増額事由となる」と結論付けたのである。

少女の父親の発言は続く。

「今回の判決はみなさんの協力の下、勝ち得たものだと思っています。何よりも証言台に立ってくれた子供たちの勇気と親御さんの決断に感謝します。今後教育委員会をはじめ、教育行政側はこれをきっかけにいままでの体質、全てを隠そうという体質を改善していただきたいと思います」

少女の母親も感想を述べた。

「今日は納得のいく結果が出たと思って大変喜んでおります。とても私たちだけの力ではここまでやってこられなかったと思います。後ろで支えてくださった方々にお礼を言いたいと思います。ありがとうございました」

両親にとっては、学校が行った隠蔽工作がどれほどひどい仕打ちだったのかということが、極めて長期間の裁判を通し、ようやく認められたことになる。

学校側がなぜ事故を隠蔽しようとしたのか、その理由は残念ながら、判決の中では明らかにされていない。

民事訴訟の限界とは言えるかもしれない。だが、井ノ口はむしろ、教育委員会が自らの行いを正すきっかけになるのではないかと、判決を評価したい気持ちが強かった。

今回の事故で委員会は、学校側が作成した事故報告書を鵜呑みにし、生徒たちの言葉を疑い、事故の真相をあえて究明しようとはしなかった。だが、本来なら委員会こそが、学校による事故の隠蔽などという行為をさせないよう、機能しなければならなかったはずだ。

判決の「メッセージ」を、井ノ口はそう理解した。


一時間に及んだ両親の会見が終わった。

少女の母親は廊下に出ると笑みをたたえ、支援者たちに何度もお辞儀をしながら握手をしている。ようやく明るい表情が戻ってきたようだ。

すると岡部が、するするっと近寄り、カメラを向けた。母親が笑顔で遠慮がちに小さくガッツポーズをとる。

(いい表情だ。つるりんも意外とやるじゃないか)

井ノ口は若いディレクターに両親の取材を任せ、教育委員会にコメントを求めるため電話を掛けることにした。

「テレビ朝日のスーパーモーニングの井ノ口ですが、判決を受けてのコメントをお願いします」

ディレクターは判決の一週間ほど前から、委員会に対し、判決後の取材を申請していた。

だが、委員会はカメラ撮影によるインタビューの取材を拒み、コメントも出さないと回答していた。その代わり、市長が文書でコメントを発表するという。委員会は、最後のコメントまで市長に任せ、一種の「責任逃れ」に終始したことになる。

井ノ口の元に届いた市長のコメントは、判決直後で内容を充分把握できていないこともあり、ありきたりのものだった。

「判決内容を精査の上検討し、誠意を持って対応したい」

（やっぱりな……）

ディレクターは素直にそう思った。


ロケは辺りがすっかり暗くなった午後八時ごろに終了した。

さすがに福島県ともなると、三月下旬でもまだまだ冬の気温である。寒さは厳しく、体は冷え切ってしまった。

（取材クルーにも食事を取ってもらわないと……）

井ノ口はそう考え、全員に声をかけた。

「寒いなー。なんか温かいもの食べようよ。ラーメンにするか」

ディレクターの提案に、反対する者は誰もいなかった。

幸い、車を走らせるとすぐに一軒のラーメン店を発見した。取材クルーは井ノ口を先頭に、なだれ込むように店に入っていった。席に着くなりリポーターの井口から声がかかる。

「井ノ口さん、裁判で少女側が勝訴したんだからお祝いしてもいいでしょ？」

井口は満面の笑みを浮かべている。

「もちろん、いいですよ。今日は何を注文しても大丈夫ですよ」

井ノ口も喜びを隠しきれない。

皆、饒舌だった。全員がラーメンや餃子などを注文し、その夜は腹いっぱいになるまで食べた。

東京へ向かう帰りの車内は、暖房が強く効いていて、汗ばむほどだった。リポーターの井口や他のスタッフたちはそんな中でも熟睡していたが、井ノ口だけは眠ることができなかった。勝訴判決を受けて興奮しているためなのか、それとも今後、市や県などが判決を不服として控訴するのかどうか、不安を感じているからなのか……。

水滴で曇ったガラス窓を指でこすると、高速道路の照明に照らされたグレーの路面が流れていく様が目に入った。それはテレビ画面で言う砂の嵐のように井ノ口の目には映った。


判決がでた翌日、井ノ口はのんびりと午後二時過ぎに出社した。三日後に控えた放送のため撮影してきたＶＴＲを見て、インタビューの書き起こしを行うためだ。

狭いプレビュー席でインタビューを聞き、撮影した映像の確認作業を続ける。カメラに向かって話す言葉の強弱、そして人物の表情……。

ひとつひとつメモを取っていく。地道で孤独な作業だが、これをしっかりとやらなければ自信をもって放送することはできない。

そして何本かのテープのチェックをすませた後、あるテープを見始めた井ノ口は不意に涙をこらえきれなくなった。

それは少女の卒業式の映像だった。

画面に映っていたのは、少女の母親の横顔だった。卒業式の終盤、養護学校の生徒たちが卒業の歌として歌った「旅立ちの日に」が流れた時のことだ。

母親は歌を聞きながら、ハンカチを片手にぼろぼろ涙をこぼしている。

現場にいた井ノ口は、母親の涙を自分の目で見て、カメラマンに撮影の指示を出していた。その時は、母親の表情を見ても、これほどまで切なくは感じなかった。むしろ、よい映像が撮影できたとの満足感の方が強かった。

それが何故、今テープを見ているとこれほど切なくなるのか……。井ノ口の心の中に取材の断片がいくつもよみがえってきた。

（やっぱり四十を過ぎると涙もろくなってくるのかな……）

井ノ口はしばらくその映像を見た後、ふーっと大きくため息をついて、喫煙所に向かった。

そこにはいつものように、青江の姿があった。この柔道部事故の企画を提案した、かつての「デスク青江」は、今はインターネット事業に関わるようになっていた。

「青江、裁判だけど少女側の全面勝訴だったよ」

井ノ口がそう話しかけると、珍しく二日酔いになっていない青江は、穏やかな笑みをうかべ答えた。

「よかったですね」

それだけでお互いが何を考えているのか充分に伝わった。

井ノ口は一服するとＶＴＲの原稿を書き始めた。

Ｂ４の紙に、手書きの文字が躍る。横書きでびっしりと、ナレーション原稿をシャーペンで綴っていく。取材を開始してから二年半の歳月が流れても、パソコンに原稿を打ち込むようにはならなかった。

中学校の校長、教頭、そして教育委員会の面々……。事故を隠蔽したとされる人物たち。そして加害者とされた柔道部の部長だった少年。取材にかかわった何人もの人たちの顔が思い浮かんでくる。証人にたった勇気ある元柔道部員たち、そして事故を防げたはずの顧問の教師。原稿は次第に厚みを増す。

（それにしても少女の両親は、誠実な人たちだった……）

自分たちの娘が大怪我をさせられたにもかかわらず、個人的な恨みつらみを極力抑え、教育現場に存在する問題を冷静に訴え続けてきた。

娘の前では決して泣かないと誓った母親の言葉には新鮮な感動を覚え、そんな妻の言葉を寂しそうな表情を浮かべながらも見守る夫には温かい父親の優しさを感じた。

そして、意識がなくずっと寝たきりの少女。

色白で真っ赤な頬の少女は、目に見えて回復してきているように思える。

事故に関係した様々な人の想いを反芻《はんすう》するかのように書いた原稿は、最終的には十枚の大作になった。

「今回のオンエアは須賀川に託します。何分間でも放送していいですよ」

新しい火曜日のチーフディレクター、末松孝一郎が井ノ口に声をかけた。

末松は福岡県出身。東京農業大学を卒業し、テレビの制作会社に入社した。他局でのディレクター経験などを経て、二〇〇七年四月からスーパーモーニングに関わるようになった。周囲の人間を明るく高揚させ、纏め上げる不思議な魅力を持っている。その才能を見込まれ、二十九歳の若さでチーフディレクターに抜擢された。

「ほう、末松、ずいぶん太っ腹じゃないか」

井ノ口が半分からかい気味に言葉を返すと、末松は屈託のない笑顔を浮かべ答えた。

「井ノ口さん、須賀川はモーニングの良心ですもんね」

三月三十一日。スーパーモーニングはこの日のメインのニュースとして午前八時三十分に「須賀川一中少女部活事故　第13弾　少女側全面勝訴」を放送した。

VTRの長さ十九分十二秒。スタジオ八分。コーナーで二十七分超となり、二時間番組の約四分の一に及んだ。

そして四月七日、市は緊急市議会議員全員協議会を開き、控訴しない方針を固めた。

第十章

母親手記 II

二〇〇九年三月二十七日。

私たちが市と県、加害少年とその母親に対して起こした訴訟の判決が福島地方裁判所郡山支部にて言い渡されました。

事故から約五年半、民事訴訟を起こしてからは約二年半。その間には私たちの訴えに対して「あの家族の『でっちあげ』だ！」と言われたこともありました。このあたりでは須賀川一中の校長を務める人はエリートとされています。そんな人、そんな学校に対して訴えを起こすというのはとても勇気がいることなのです。

思えば学校側の態度は最初から最後まで不誠実なものでした。

娘が病院に運ばれてまもなく、どうして娘がこれほどの重傷を負ったのか、理由が全く明らかになっていなかった頃のことです。

娘に対して何もできない自分が今できることは何だろう、他の部員さんに同じような事故が起きないようできることは何だろうと考え、「練習場の畳を替えて欲しい」と教頭にお願いしました。

柔道部の畳はボロボロでサイズが合っておらず、畳と畳のすき間に足の指をはさんで怪我が絶えないと娘から聞いていたからです。もしかしたら、娘が頭を打った原因も畳にあるのかもしれないとも思いました。今の私からのお願いだったら聞いてもらえるかもしれないという思いもありました。

すると、教頭の口から出たのは「お母さん。畳って高いんだよー」という言葉。

唖然《あぜん》とした私が、「娘が畳に髪の毛がはさまって抜けると言っていました」と言うと「私も〝抜け毛〟に悩んでましてねぇ」とハハハと笑うのです。

娘が生きるか死ぬかという場面であまりにも無神経な態度……。

私がもっとも許せないのは、娘が救急車で病院に運ばれて危篤状態のとき、お医者さまからは「助かる見込みはない」と告げられていましたので、「学校の友だちに来てもらって、呼びかけて欲しい」とお願いしたにもかかわらず、校長は「ご両親はお見舞いを望んでいない」と生徒や父母たちに嘘の報告をしていたこと。

看護師さんから「(娘に) 声をかけてあげて」と言われたのですが、当時の私は昏睡状態の娘を目の前にすると苦しくて涙が止まらず何もいえない、名前を呼びかけることもできない、そんな状態でした。

せめて仲のいいお友だちに声をかけてもらえたら、と主人から柔道部の顧問に部員たちに病院に来ていただけるようにお願いしたのですが、今日は来るか、明日は来るかとお見舞いを待っても誰も来ることはありませんでした。

もし、娘があのとき命を落としてしまったら、友だちにも誰にも会えずに死んでしまったのかと思うと、いまでも悔しくてなりません。

また、これだけの事故でありながら、三か月もの間、学校ではそのことに関して職員会議が一度も開かれなかったであろうこともショックでした。学校は娘が危篤状態にあることをひた隠しにしていましたが、それがだんだん明るみになり、ＰＴＡの総会で「職員会議は何回開いたのか」という質問が父母から出たとき、学校は「一回か二回」と答えました。

しかし、「では、議事録が残っているでしょう」という同じ質問者の問いには「議事録はありません」との答え。部活の事故再発防止にもつながる大事な会議の議事録が残っていないとはどういうことなのでしょうか。

それと、事故の報告について保護者の方々にして欲しいと再三校長にお願いしたにもかかわらず、校長はプリント一枚配ってくれませんでした。

娘が人間らしい扱いをされていなかったことが悔しくてたまりませんでした。

娘の十月の事故から年が明けて一月の休日の昼下がり、柔道部の顧問とは病院の目の前のラーメン店から出てくるところにバッタリ遭遇しました。

集中治療室ですれ違ったきり、彼と会うのは二か月半ぶりでした。

その顧問の自宅は病院の近くではないのに、自分の生徒が生きるか死ぬかの瀬戸際で、入院している病棟が見えるラーメン店でわざわざお子さんふたりを連れてきて食事をするその神経が、私には理解不能でした。

私たちに気づくと「明日にでもお見舞いに行こうと思ってました」と言いましたが、私は嘘でも「これからお見舞いに行くところでした」と言って欲しかった……。

お医者さまからは「(死を) 覚悟しておいてください」と言われましたが、現在は娘を自宅で介護しています。

在宅介護をするにあたっては大きな「壁」を感じることになりました。

まず、どの病院も三か月の入院しか認められません。三か月たったら、次の病院を探すか、在宅で看護をするしかない。次の病院を探すにしても、そこにいられるのも三か月までなのです。

そこで肢体不自由児施設への入所を希望したのですが、娘は身体が大きいこと、設備がととのわないことを理由に断られました。さらに重症心身障害児施設はすべて満床で、近隣での入所はとくに難しく、私たち夫婦どちらかが元気でいるうちは入れないことを知りました。

結局、私たちには「在宅介護」という選択肢しか残されていませんでした。

ところが、在宅介護にあたってはどういうところでどういう準備をしたらよいのかと、市の福祉課に相談に行ったところ「わからない」と言われました。

介護保険制度の導入によりできた職業「ケアマネージャー」も、娘はまだ若いから使えません。当時、十三歳の娘が使えるのは身体障害者の支援費制度 (現在は名前だけが変わって自立支援法) だけでした。

いま国は、「なるべく家で介護をしなさい」という方針です。また、細かな法改正もしょっちゅう行われます。しかし、行政が法律に追いついていないのが現実のように思います。

それに在宅介護をするためのサービスや施設など「受け皿」も用意されていません。たとえば、須賀川市には福祉タクシーもありましたが、娘の車椅子に対応できるものではありませんんでした。

在宅で介護をするための施設やサービスなどをもっと増やして欲しい。また、老人とか障害者とか区別をせずに制度を一本化してくれたら、と思わずにはいられません。

でも、在宅介護になって苦労して私たちが歩きまわったぶん、それを見た人からさまざまな協力の手が差し伸べられました。そうした人たちに引っ張られて私もがんばらなきゃと思ったものです。学校のことで人間不信になっていたぶん、いろんな人の協力が身に沁《し》みましたし、短期間に両極端な思いを経験したと思います。


さて、訴訟の結果ですが、私たちが思っていた以上の納得のいくものとなりました。

まず、娘の怪我の原因についてですが、これは柔道部元部長の少年の「練習や指導の範疇を逸脱した暴行である」と認められました。

実はこの争点がもっとも不安に思っていたことでした。というのも「柔道」というスポーツは格闘技。「暴力行為」と「練習」の線引きが非常に難しい。また、少年は娘が一か月前に頭部を強打し、急性硬膜化血腫で入院していたことを知らされていませんでした。

しかし、事故当初は「投げていない」と主張していた少年が、八月八日の証人尋問で思わず「イライラして投げた」と言ってしまったことで、彼の矛盾が明らかになりました。

私たちが裁判を起こすきっかけとなったのは「事故の原因を知りたい」という思いからでしたが、これでやっと事故の原因が「暴力」であったと認定されたのです。この争点の結果について弁護士の先生に説明してもらいながら聞いたときには心の底からうれしさがこみ上げてきました。

二〇〇四年七月に刑事告訴をした際には、在宅介護をするにあたって感じた「壁」と同じぐらい困難な「少年法の壁」に阻《はば》まれて、「何のために裁判を起こしたのか」とイライラしたこともありましたので、感慨もひとしおでした。

「学校側が事故後に部員への聞き取り調査を行った際、教頭による口止め、恫喝行為があった。また、事故報告書は不可解な部分が多く、信用性が低いものと認定」と学校側の「事故隠し」や「責任逃れ」までも言及してくれたことも思っていた以上の結果でした。

これも刑事告訴をした際には、捜査するのは娘の事故当日のことだけで、その後の学校の「事故隠し」まで警察は対応してくれませんでした。

ですから、民事訴訟でも「怪我と後遺症に対する賠償だけしか争点にならないのでは」という気持ちがありましたが、裁判長が学校側のその後の対応について聞く耳を持ってくれたことは非常にうれしかったです。

「事故隠し」がハッキリしたことについては、教頭に口止めされていた元部員の少年が証言台に立ってくれたことが大きかったと思いますが、彼を証人として認めてくれた裁判長と、証人になってくれた少年の勇気に感謝したいと思います。

柔道部顧問の責任についても「事故の一か月前に頭部を強打し、急性硬膜化血腫で入院し、それを知っていたにもかかわらず、具体的な対策をとらなかった。この危機管理意識の低さには顕《けん》著《ちょ》なものがある」とし、さらに「顧問が安全配慮を怠ったままの状態にしておいたのは、学校管理職らに監督過失があることも明らかである」と当時の校長、教頭、須賀川市の責任も裁判所は認めてくれました。

私は責任の所在については「学校にある」とか「市にある」というふうに大まかな言葉で書かれていると思っていましたので、判決文に校長らの個人名がしっかり書かれてあったことも驚きでした。

こうしてひとつひとつが裁判でハッキリしていき、自分たちが生徒や父母の方から聞いていたことは間違っていなかったんだと確信が持てるようになりました。私たちの訴えはほぼ認められ、全面的な勝訴といえる形となったのです。

その後の記者会見では主人は、学校や教育委員会から謝罪が必要かとの質問に「あれだけ嫌な思いをさせられて、いまさら謝罪はいい」と言っていましたが、私としてはきちっと謝ってもらいたいという気持ちはあります。といっても、「形だけ謝りに来ました」というのでは嫌ですが。


判決が出て、いま言いたいことはたくさんあります。

柔道部の顧問に対しては、「なぜ嘘をつくのか」とあらためて聞きたい。

私が「娘にはストレッチや軽い筋トレしかやらせないでください。人に投げられるような練習はさせないでください」とお願いしたのに、彼が法廷で否定したのはなぜなのか。主人も「本人の体調をみながら、休ませながらやらせてください」と言って、娘の部活再開にあたって私たちは細かくお願いごとをしていたはずです。教師としての経歴に傷をつけたくないという保身なのでしょうか。私は言い訳はしてもいいけれど、嘘はついて欲しくなかった。

顧問が娘の一か月前の怪我について、部員たちにしっかりと知らせ、注意と指導を行っていれば、この事故は起きなかったはずです。というのも元部長の少年の「なにサボってるんだ」という一言から暴力が始まっているのですから。

思い出してみれば、この顧問は事故の一か月前の怪我のとき、部活の最中の怪我にもかかわらず、担任にさえ話を伝えておらず、結果、入院中の娘が無断欠席にされたこともありました。

さらに法廷では、娘が柔道の試合に出る承諾書にサインしたけれど、その承諾書をなくしたと言い張ったのです。ところが公判中、裁判官に質問をされると、承諾書そのものが存在しなかったことが明らかになったのです。

すでに須賀川一中にはいないけれど、その態度を改めず、異動した先でまた教師をしているとすれば、同じような事故がまた起きないとも限りません。犠牲になる生徒さんがいなければいいと願わずにいられません。

校長に対しては「自分のしたことを反省してください」と言いたい。

私も主人も須賀川一中の出身だからわかるのですが、須賀川一中の校長を経験すると、その後は市の教育長になるという、このあたりでは出世コースです。ですから、自分がいた中学で事故が起きたことをひた隠しにしたかったのでしょうか。

娘が元部長に投げ飛ばされて、私が学校に呼ばれて駆けつけたとき、娘はぐったりとして口からは涎をたらしていました。しばらくして柔道部の副顧問が「いま、救急車を呼びました」といいました。のちに学校は「お母さんが来る前に救急車を呼んだ」と主張していますが、私は「いま呼んだ」といったことをハッキリと記憶しています。

学校という縦社会の組織では校長・教頭の指示がなければ救急車を呼ぶこともできないと聞きました。

駆けつけた救急隊員は「瞳孔が開いて、失禁もしています」といいましたが、状況から考えるとそんな状態で娘は三十分は放置されていたでしょう。もうちょっと早く救急車を呼んでくれたなら、と思わずにいられません。

教頭は「スーパーモーニング」の取材に対し「(教頭に口止めを強要されたと主張した) 生徒は嘘をついている」といっていました。自分の保身のためなら、都合の悪い人間は全否定し、加害少年である元部長を守っている。これが教育者としてすることでしょうか。

加害少年に対してはもうなにも言うつもりもありません。謝罪して欲しいとも思いません。

彼が八月八日に証人として法廷に立った日、原告席に車椅子の娘がいたにもかかわらず、「少女に対してどう思うか」と問われ、「なんとも思っていません」と答えたときに、彼に謝罪する気持ちを求めるのは無理だと感じました。

ただ、最初は「指一本触れていません」と言い張っていたのに、一生をふいにするような怪我を娘に負わせる原因となったことが判決で認められた。彼はその真実に向き合わねばならなかったのに、本来は教育者であるはずの学校が彼のことをかばってしまい、その機会を失ってしまいました。今回、裁判でもハッキリした事実に対してこれから彼がきちんと向き合って、命の大切さに気づき、反省して「申し訳ない」という気持ちになって誠意を持って謝罪に来るのであれば、私は拒絶はしません。

教育委員会に対しては「本来は第三者の機関であるべきなのに、学校側の意見をそのまま受け入れるだけでいいですか」と問いたいです。

今回、学校は嘘の事故の報告書を教育委員会に提出しました。

こうしたことはもともとのシステムにも問題があると思います。というのも、私たちは学校から逃げられないのです。学校で何か事件があっても、受験が控えていればなおさらのこと、親も子どもも学校に都合の悪いことはいえないのです。

学校で起きた事故に対して学校が調査をすることは無理があります。学校の中でなにか事故があったら、学校ではなく第三者が間に入って事実を究明する。また、事故報告書を親に見せず、確認を取らないままに提出したら、何かしら罰則を与える、というような規則をつくって欲しいと思います。

そして、教育委員会には「言葉だけの改善策」ではなく、きちっと形になって現れる改善策を期待したい。そして当時、管理職だった人に対しては「昔の話」ではなく、ちゃんと責任をとってもらいたいと思っています。


つい恨み言ばかりになってしまいましたが、事故後はつらいこと、大変なことばかりでなく、うれしかったこともありました。

PTA保護者会は、娘の入院が明らかになり、私たちがお見舞いを望んでいることを知ると、お見舞いの希望者を募り、保護者が車を出して病院まで送迎してくれるようになったのです。

驚いたのは、友だちが見舞いに来てくれ、帰った直後、それまではしゃべるお友だちのほうに向いたり、目を動かしたりする程度だった娘がなんと腕を上げたこと。

やっぱり子どもたちの声ってパワーがあるんだね、と思いました。

そのうちに娘と同じ学年でもない二年生や三年生、そしてその父母の方や先生までたくさんの方がお見舞いに来てくださるようになりました。私のかわりにたくさん話しかけてもらって、本当にありがたかったです。

あまりにたくさんの人に来ていただいて、私は一度PTAの役員の方に「こんなことまでしていただいていいんでしょうか」と恐縮したことがありました。すると、その方は「小学校から同じ釜の飯を食べてきた仲間じゃないですか。当然のことです」と。須賀川一中というのはみんな同じ小学校からの持ち上がりで、私も主人もそうですが、親もまた須賀川一中出身という人が多いのです。

お見舞いは娘が中学を卒業するまで続きました。

このように地元に密着している人が多い土地柄だけに、親御さんのなかには中学校と取引しているご商売の方もいらっしゃいます。学校側に逆らうと死活問題になる人もいるのに、「学校はもっと誠意ある対応をしなさい」と言ってくださった人もいました。私が「あまり無理なさらないでください」と言うと「いや、言うべきことはちゃんと言うべきだ」と信念を貫いてくださいました。

後の民事裁判に身近な人たちや学校の保護者を巻き込むことはできませんでした。これは孤独な戦いを意味するものでした。

そもそも、地域の人々がみんな知り合いという狭い社会のなかで裁判を起こすというのはかなり覚悟のいることでした。しかも、相手は学校や行政であること、少年という個人を訴えるということで、恐れと責任とプレッシャー、さまざまな感情がありました。刑事告訴をするにあたって刑事さんからは「世間の人から誹謗を受ける可能性がある」と言われましたし、さらに民事訴訟では、訴える理由が「事故の原因を知りたい」ということであっても「賠償請求」という形をとりますから、どうしてもお金の話になってしまいます。ただ実際には中傷の類を地元の方から受けることは一切ありませんでした。

また、「2ちゃんねる」から派生して見ず知らずの方が娘を応援するサイトを作ってくださったり、娘の回復を祈って折った千羽鶴を届けてくださったりもしました。これはもう感謝の一言に尽きます。

大変お世話になりました、医師、看護師、作業療法士、理学療法士、音楽療法士、養護学校の先生方、ソーシャルワーカー、ホームヘルパーのみなさん、そのほかにも在宅介護や娘の回復のためにお世話になったすべての方々にもここで改めてお礼を申し上げます。

ありがとうございました。そして、これからもよろしくお願い申しあげます。

事故当時中学一年だった娘は意識不明のまま、二〇〇六年には養護学校に入学。学校の先生に家に来ていただいて音楽を聞いたり、先生に手をとられて楽器を弾いたりといった授業を受けていました。

娘は話すことも歩くこともできませんが、私たちの言っていることはきっとわかっている……

私はそう思っています。

二〇〇七年には学校やヘルパーさんの協力もあって、大阪のユニバーサル・スタジオ・ジャパンへの修学旅行にも参加してきました。

娘とは「裁判が終わったら、家族旅行に行こうね」と話していましたが、こうして判決が出ましたので、準備がととのえば約束の旅行にも出かけようと思います。

娘の好きだった東京ディズニーリゾートに。

あとがき

二〇〇六年九月―二〇〇九年三月。

これはスーパーモーニング取材クルーが、須賀川一中・柔道部事故の取材を開始し、民事訴訟の判決を報じたまでの期間だ。およそ二年半の歳月が経過したことになる。

少女の両親、元柔道部員たち、その保護者、校長を始めとする学校関係者、教育委員会……。

多数の関係者から話を聞き、番組の放送に結び付けてきた。元部長の少年だけは取材することができなかったが、法廷でその主張に耳を傾けることはできた。

放送回数は十三回。

全テレビ局が報道する大事件・災害ならまだしも、一つの「事故」を、それも一つの番組だけが、これほどの追跡取材を行ったのは、あまり例がないことだろう。

なぜ、これほど報道を続けたのか。続けることができたのか。

もちろんテレビ朝日全体が、報道の必要性を理解し、様々な人間たちが協力しあったことは大きい。

だが、やはり、このテーマに関しては「報道する意味」が何より重要だったと思う。

それこそ、テレビのスイッチを入れれば、毎日のように新しい事件や事故のニュースが流れている。見るに堪えない殺人事件、悲しく辛い重大事故……。

ニュース放送の意義として、再発防止は重要な観点の一つだ。

私たちが日々のニュースを報じる時、もう二度と同じことは起きてほしくないと願っているのは本当のことだ。

だが、残念なことに、事件、事故がなくなることはない。

それどころか、報道が被害を増やす可能性も、近年になって浮上してきている。テレビ朝日という一民放局だけでなく、多くのメディアが、通り魔事件や硫化水素自殺には、細心の注意を払うようになったのは、その証左だ。

なぜ事件、事故を報じるのかと問われ、番組制作の現場で働く者たちが「再発防止目的」と答えるのは簡単なことだ。

しかし、それだけでは、何か大切なものを見落としてしまうのではないかと思う。


今回の事故では少女以外に、もう一人の被害者がいる。

それは元部長の少年だ。

事故以来、少年は少女を投げたことを否定してきた。法廷では一部を認めたが、少年が訴えたことを部員たちの証言などと照らし合わせてみれば、残念なことに、全てを正直に話したと判断することはできない。

少年を被害者とすることに、抵抗を感じる人もいるだろう。

しかし、よく考えてほしい。事故は防げたはずなのだ。

少なくとも、少女が最初に入院したとき、柔道部の顧問が部員に説明、注意、指導すれば、二回目の事故は起きなかったのではないだろうか。

だが、少女は意識不明の重体に陥った。

少年は事の重大さに気づいていただろう。だが、そこから先は、少女に暴力を振るっていないと否定した。

彼はどのような気持ちから、教諭たちに嘘をついたのか、正確なところは分からない。

だが、想像すら不可能なことだとは思えない。いや、事の大小を別にすれば、理解できると言ってもいいかもしれない。

人は誰でも、嘘をつくからだ。

むしろ信じられないのは、学校が少年の嘘を「受け入れた」ことだ。

少女の怪我の原因が「持病の再発」だとする主張をあらためなかった。学校関係者の話によると、中学校は少年に、何の指導も行わないばかりか、腫れ物に触るように接していたという。子供を教え導く学校、教師と生徒という関係とは、かなり異なるものに変化してしまったようだ。

だが、嘘がつき通せるはずもない。

子供たちの世界を中心として、元部長の少年が暴力を振るったとの噂が広まり、やがて両親の耳にも届いた。学校では生徒たちの間で、少年の陰口も囁《ささや》かれた。

その後の少年の境遇については、ここで記すわけにはいかない。

ただ、学校側が事故の原因を究明せず、うやむやに終わらせようとしたことが、非常な悪影響を与えたのは確かだろう。

学校の罪は重い。

教諭たちが少年に、自分の行為を直視させていれば、彼の生活は現在とは違ったものになったはずだ。悪いことは悪い。そうはっきりと自覚させ、少女に対して反省し、謝罪の心が芽生えるよう、教育すべきだったのだ。

ところが先生という「役人」たちは、自分たちの組織を守るために事故の隠蔽を図った。そのため、教え子を導く機会を永久に失ってしまった。彼は今でも、自分の行為に決着をつけることができず、非常に苦しんでいるのではないだろうか。

こうした隠蔽工作は、須賀川市だけに限ったことではない。

今や全国各地で、学校内での事故やいじめの原因が調査されなかったり、公開されなかったりして、闇に葬られている。

それこそ私たちが「再発防止」の放送をどこまで行えたのか、反省する必要があるかもしれない。

だが、手前味噌かもしれないが、我々の報道には「大義」があると言ったプロデューサーがいた。別のプロデューサーは「公益性」の言葉を使った。

単に少年による暴力をニュースとして報じるためではない。関係者に再発防止を期待し、少女の境遇を一種の「教訓」として受け止めてほしいだけなのでもない。

事故で浮かび上がった教育現場の実情を伝え、あらゆる方々に問いかけさせてほしいのだ。

学校は、このままでいいのだろうかと。

時には組織防衛。時には自己保身。様々な動機から、今も教師は真実を隠し続けている。そんな「大人」の醜い姿を、子供たちがじっと見つめていることを忘れてはいけない。それは「再発防止」などといったレベルを超え、誰もが何かのアクションを起こさなければならない段階に差しかかっているのではないか。

私たちテレビ局の人間には、教育改革の処方箋を提示する能力もなければ立場にもない。ただ、多くの人に考えてもらうことはできるかもしれない。そして、みんなの力で、処方箋を「作る」ことにつながるかもしれない――そんな想いで、一本一本のVTRをオンエアしてきた。この本で、私たちのありのままの姿を、愚かしいところも含めて「情報開示」したつもりだ。内輪話の数々に、眉をひそめた方もおられたかもしれない。だが、等身大のテレビマンを知ってほしいとの狙いからであり、何とぞご寛恕《かんじょ》をお願いしたい。

「母親手記」を除く、第一章から第九章までの執筆は、テレビ朝日報道局ニュース情報センター、ディレクター井ノ口格が担当した。

また、スーパーモーニング・チーフプロデューサー、佐藤彰、事業局コンテンツ事業部、稲葉真希子の二名が補佐を行った。

以下、謝辞を送る。

テレビ朝日報道局　元・スーパーモーニング・チーフプロデューサー　青木吾朗
前・スーパーモーニング・チーフプロデューサー　原　一郎

元・スーパーモーニングプロデューサー　紫藤泰之
スーパーモーニング火曜担当プロデューサー　佐藤潤司
前・スーパーモーニング火曜担当チーフディレクター　小川覚司
前・スーパーモーニング火曜担当デスク　青江重明
スーパーモーニング火曜担当デスク　林　親紀
スーパーモーニング火曜担当ディレクター　高崎利昭
同　佐藤かおる

また、番組スタッフの全員にも、山のような感謝を伝えたい。

そして、忘れてならないのは、取材に協力いただいたり、番組内容への共感を表明されたりした、須賀川市民の方々だ。

これからの市政を担うのは、当然ながら住民の皆さんだ。

市が全国で最も優れた教育を実践できる街になることを、心より祈っている。

第一章から第九章、及び、あとがきを、
テレビ朝日「スーパーモーニング」取材クルーが、
まえがきと第十章を、被害者の母親が担当した。

JASRAC 出0905969-901

隠蔽
須賀川一中柔道部「少女重体」裁判
2009年6月25日 第1刷発行

著　者　テレビ朝日「スーパーモーニング」取材クルー
　　　　被害者の母親
発行者　見城 徹

発行所　株式会社 幻冬舎
　　　　〒151-0051 東京都渋谷区千駄ヶ谷4-9-7

電話:03(5411)6211(編集)
　　 03(5411)6222(営業)
振替:00120-8-767643
印刷・製本所:中央精版印刷株式会社

検印廃止

Printed in Japan
ISBN978-4-344-01688-0 C0095
幻冬舎ホームページアドレス http://www.gentosha.co.jp/

この本に関するご意見・ご感想をメールでお寄せいただく場合は、
comment@gentosha.co.jpまで。